RACINE

ATHALIE

ET

ESTHER

Avec les chœurs.

NOUVELLE ÉDITION, — PUBLIÉE

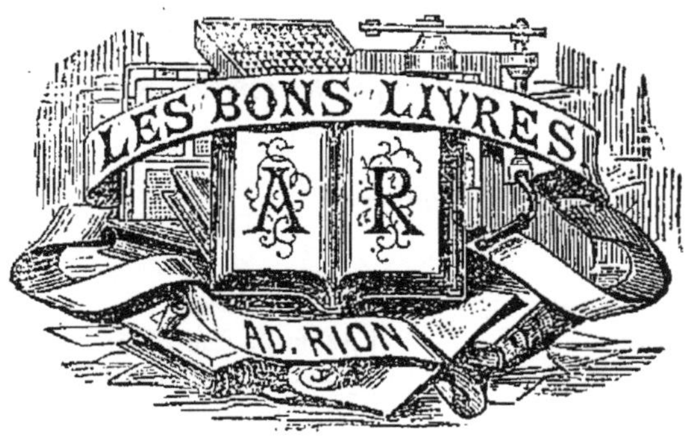

A PARIS

DANS LES DÉPARTEMENTS
CHEZ TOUS LES LIBRAIRES

1867-1868

ATHALIE

TRAGÉDIE EN CINQ ACTES

*Représentée pour la première fois, à Paris, par les comédiens ordinaires
du roi, le 3 mars 1716*

Personnages :

JOAS, roi de Juda, fils d'Ochosias.
JOAD ou JOIADA, grand prêtre.
ZACHARIE, fils de Joad et de Josabet.
ABNER, officier des rois de Juda.
AZARIAS.
ISMAEL.
UN LÉVITE.
MATHAN, prêtre apostat, sacrificateur de Baal.
NABAL, confident de Mathan.
ATHALIE, veuve de Joram, aïeule de Joas.

JOSABET, tante de Joas, femme du grand prêtre.
SALOMITH, sœur de Zacharie.
AGAR, femme de la suite d'Athalie.
LA NOURRICE de Joas.
TROIS CHEFS des Prêtres et des Lévites.
TROUPES de Prêtres et de Lévites.
CHŒUR de jeunes filles de la tribu de Juda.
SUITE d'Athalie.

*La scène se passe dans le temple de Jérusalem, dans le vestibule de
l'appartement du grand prêtre.*

ESTHER

TRAGÉDIE TIRÉE DE L'ÉCRITURE SAINTE

*Représentée pour la première fois par les comédiens ordinaires du roi,
en mai 1721.*

Personnages :

ASSUÉRUS, roi de Perse.
ESTHER, reine de Perse.
MARDOCHÉE, oncle d'Esther.
AMAN, favori d'Assuérus.
ZARÈS, femme d'Aman.
HYDASPE, officier du palais intérieur d'Assuérus.

ASAPH, autre officier d'Assuérus.
ÉLISE, confidente d'Esther.
THAMAR, Israélite de la suite d'Esther.
GARDES du roi Assuérus.
CHŒUR de jeunes filles israélites.

La scène est à Suze, dans le palais d'Assuérus.

PARIS.—IMPRIMERIE JULES BONAVENTURE, 55, QUAI DES AUGUSTINS.

NOTICE SUR RACINE.

Racine naquit le 21 décembre 1639 à la Ferté-Milon, jolie petite ville de l'*Ile de France* (aujourd'hui département de l'*Aisne*). Son père était contrôleur du grenier à sel ; sa mère était fille d'un procureur du roi aux eaux et forêts de Villers-Coterets.

A l'âge de trois ans Racine perdit son père et sa mère. Son grand-père maternel l'envoya très-jeune au collége de Beauvais, d'où il ne tarda pas à passer à Port-Royal-des-Champs et enfin au collége d'Harcourt. Le jeune Racine fit des études sérieuses : les poëtes latins et les poëtes grecs étaient surtout l'objet de ses prédilections.

Une ode qu'il composa à l'occasion du mariage de Louis XIV (*la Nymphe de la Seine*) appela l'attention sur le jeune poëte. Colbert (1660) lui fit donner une gratification de cent louis. Une autre ode, la *Renommée aux Muses*, lui valut, quelques années plus tard, une seconde gratification royale, la protection de Boileau et l'amitié de Molière.

Les premières tragédies de Racine, remarquables par la justesse et la douceur des vers, ne laissaient pas soupçonner les hauteurs qu'il devait atteindre plus tard.

La tragédie de *Phèdre* (1677) fut pour le jeune poëte une occasion de troubles et d'ennuis dont se ressentit la suite de sa carrière.

Le duc de Nevers et la duchesse de Bouillon s'étaient fort engoués de la poésie de Pradon, l'auteur d'une autre *Phèdre* : ils n'épargnèrent rien pour faire réussir la pièce de leur protégé et faire tomber la tragédie de Racine. Ils allèrent même jusqu'à louer pendant dix représentations consécutives les places du théâtre où se jouait la *Phèdre* de

Racine, et, laissant presque toutes les places inoccupées, ils proclamèrent que la nouvelle tragédie était tombée devant l'indifférence générale. L'opinion publique se laissa influencer, et la cabale triomphante proclama la supériorité de la pièce de Pradon sur celle de Racine.

Racine fut très-sensible à cette injustice. Malgré les exhortations de ses amis (il avait alors 38 ans), il déclara qu'il voulait renoncer au théâtre, et vécut pendant une dizaine d'années dans une retraite complète.

Madame de Maintenon lui ayant demandé, en 1688, une pièce destinée à la maison de Saint-Cyr, qu'elle venait de fonder pour l'éducation de jeunes filles nobles et pauvres, Racine, en quelques jours, composa *Esther*, la première tragédie religieuse qui ait illustré le théâtre français.

Trois ans après il donna aussi à la maison de Saint-Cyr la tragédie d'*Athalie*, l'un des chefs-d'œuvre de la littérature française.

Notre grand écrivain était d'une dévotion douce et tolérante. Il sut, même à la cour, se créer de nombreux amis. Il mourut, pleuré de tous, le 22 avril 1699, âgé de 60 ans.

Racine a aussi composé pour Saint-Cyr quatre cantiques spirituels qui sont au nombre de ses plus beaux ouvrages. On admire surtout le troisième cantique : *Plaintes d'un chrétien sur les contrariétés qu'il éprouve au dedans de lui-même*, où se trouvent les vers suivants :

> Mon Dieu ! quelle guerre cruelle !
> Je trouve deux hommes en moi :
> L'un veut que, plein d'amour pour toi,
> Mon cœur te soit toujours fidèle ;
> L'autre, à tes volontés rebelle,
> Me révolte contre ta loi,

Son fils, Louis Racine, né en 1692, fut aussi un poëte remarquable. Il est l'auteur des poëmes de la *Religion* et de la *Grâce*, et d'un grand nombre d'odes et d'épîtres.

ATHALIE

TRAGÉDIE

ACTE Ier

(Le théâtre est éclairé par le crépuscule du matin.)

SCÈNE Ire. — JOAD, ABNER.

Abner. Oui, je viens dans son temple adorer l'Éternel ;
Je viens, selon l'usage antique et solennel,
Célébrer avec vous la fameuse journée
Où sur le mont Sina la loi nous fut donnée.
Que les temps sont changés ! Sitôt que de ce jour
La trompette sacrée annonçait le retour,
Du temple, orné partout de festons magnifiques,
Le peuple saint en foule inondait les portiques ;
Et tous, devant l'autel, avec ordre introduits,
De leurs champs dans leurs mains portant les nouveaux fruits,
Au Dieu de l'univers consacraient ces prémices :
Les prètres ne pouvaient suffire aux sacrifices.
L'audace d'une femme, arrêtant ce concours,
En des jours ténébreux a changé ces beaux jours.
D'adorateurs zélés à peine un petit nombre
Ose des premiers temps nous retracer quelque ombre
Le reste pour son Dieu montre un oubli fatal ;
Ou même, s'empressant aux autels de Baal,
Se fait initier à ses honteux mystères,
Et blasphème le nom qu'ont invoqué leurs pères.
Je tremble qu'Athalie, à ne vous rien cacher,
Vous-mème de l'autel vous faisant arracher,
N'achève enfin sur vous ses vengeances funestes,
Et d'un respect forcé ne dépouille les restes.
  Joad. D'où vous vient aujourd'hui ce noir pressentiment ?
  Abner. Pensez-vous être saint et juste impunément ?
Dès longtemps elle hait cette fermeté rare
Qui rehausse en Joad l'éclat de la tiare ;
Dès longtemps votre amour pour la religion
Est traité de révolte et de sédition.
Du mérite éclatant cette reine jalouse,
Hait surtout Josabet, votre fidèle épouse.
Si du grand prêtre Aron Joad est successeur,
De notre dernier roi Josabet est la sœur.
Mathan d'ailleurs, Mathan, ce prêtre sacrilége,
Plus méchant qu'Athalie, à toute heure l'assiége ;
Mathan, de nos autels infâme déserteur,
Et de toute vertu zélé persécuteur.
C'est peu que, le front ceint d'une mitre étrangère,
Ce lévite à Baal prête son ministère :
Ce temple l'importune, et son impiété
Voudrait anéantir le Dieu qu'il a quitté.
Pour vous perdre il n'est point de ressort qu'il n'invente.

Quelquefois il vous plaint, souvent même il vous vante :
Il affecte pour vous une fausse douceur;
Et par là, de son fiel colorant la noirceur,
Tantôt à cette reine il vous peint redoutable;
Tantôt, voyant pour l'or sa soif insatiable,
Il lui feint qu'en un lieu que vous seul connaissez,
Vous cachez des trésors par David amassés.
Enfin, depuis deux jours, la superbe Athalie
Dans un sombre chagrin paraît ensevelie.
Je l'observais hier, et je voyais ses yeux
Lancer sur le lieu saint des regards furieux;
Comme si dans le fond de ce vaste édifice
Dieu cachait un vengeur armé pour son supplice.
Croyez-moi, plus j'y pense, et moins je puis douter
Que sur vous son courroux ne soit près d'éclater,
Et que de Jésabel la fille sanguinaire
Ne vienne attaquer Dieu jusqu'en son sanctuaire.
 Joad. Celui qui met un frein à la fureur des flots
Sait aussi des méchants arrêter les complots.
Soumis avec respect à sa volonté sainte,
Je crains Dieu, cher Abner, et n'ai point d'autre crainte.
Cependant je rends grâce au zèle officieux
Qui sur tous mes périls vous fait ouvrir les yeux.
Je vois que l'injustice en secret vous irrite,
Que vous avez encor le cœur israélite.
Le ciel en soit béni! Mais ce secret courroux,
Cette oisive vertu, vous en contentez-vous?
La foi qui n'agit point, est-ce une foi sincère?
Huit ans déjà passés, une impie étrangère
Du sceptre de David usurpe tous les droits,
Se baigne impunément dans le sang de nos rois,
Des enfants de son fils détestable homicide,
Et même contre Dieu lève son bras perfide;
Et vous, l'un des soutiens de ce tremblant État,
Vous, nourri dans les camps du saint roi Josaphat,
Qui sous son fils Joram commandiez nos armées,
Qui rassurâtes seul nos villes alarmées,
Lorsque d'Ochosias le trépas imprévu
Dispersa tout son camp à l'aspect de Jéhu :
« Je crains Dieu, dites-vous, sa vérité me touche. »
Voici comme ce Dieu vous répond par ma bouche :
« Du zèle de ma loi que sert de vous parer?
» Par de stériles vœux pensez-vous m'honorer?
» Quel fruit me revient-il de tous vos sacrifices?
» Ai-je besoin du sang des boucs et des génisses?
» Le sang de vos rois crie, et n'est point écouté.
» Rompez, rompez tout pacte avec l'impiété.
» Du milieu de mon peuple exterminez les crimes,
» Et vous viendrez alors m'immoler vos victimes. »
 Abner. Hé! que puis-je au milieu de ce peuple abattu?
Benjamin est sans force, et Juda sans vertu.
Le jour qui de leur roi vit éteindre la race
Éteignit tout le feu de leur antique audace.
« Dieu même, disent-ils, s'est retiré de nous.
» De l'honneur des Hébreux autrefois si jaloux,
» Il voit sans intérêt leur grandeur terrassée;
» Et sa miséricorde à la fin s'est lassée :

» On ne voit plus pour nous ses redoutables mains
» De merveilles sans nombre effrayer les humains.
» L'Arche sainte est muette, et ne rend plus d'oracles. »
　　Joad. Et quel temps fut jamais si fertile en miracles?
Quand Dieu par plus d'effets montra-t-il son pouvoir?
Auras-tu donc toujours des yeux pour ne point voir,
Peuple ingrat? Quoi! toujours les plus grandes merveilles,
Sans ébranler ton cœur, frapperont tes oreilles!
Faut-il, Abner, faut-il vous rappeler le cours
Des prodiges fameux accomplis en nos jours?
Des tyrans d'Israël les célèbres disgrâces,
Et Dieu trouvé fidèle en toutes ses menaces:
L'impie Achab détruit, et de son sang trempé
Le champ que par le meurtre il avait usurpé;
Près de ce champ fatal Jézabel immolée,
Sous les pieds des chevaux cette reine foulée,
Dans son sang inhumain les chiens désaltérés,
Et de son corps hideux les membres déchirés;
Des prophètes menteurs la troupe confondue,
Et la flamme du ciel sur l'autel descendue;
Élie aux éléments parlant en souverain,
Les cieux par lui fermés et devenus d'airain,
Et la terre trois ans sans pluie et sans rosée;
Les morts se ranimant à la voix d'Élisée:
Reconnaissez, Abner, à ces traits éclatants,
Un Dieu, tel aujourd'hui qu'il fut dans tous les temps.
Il sait, quand il lui plait, faire éclater sa gloire,
Et son peuple est toujours présent à sa mémoire.
　　Abner. Mais où sont ces honneurs à David tant promis,
Et prédits même encore à Salomon son fils?
Hélas! nous espérions que de leur race heureuse
Devait sortir de rois une suite nombreuse;
Que sur toute tribu, sur toute nation,
L'un d'eux établirait sa domination,
Ferait cesser partout la discorde et la guerre,
Et verrait à ses pieds tous les rois de la terre!
　　Joad. Aux promesses du ciel pourquoi renoncez-vous?
　　Abner. Ce roi, fils de David, où le chercherons-nous?
Le ciel même peut-il réparer les ruines
De cet arbre séché jusque dans ses racines?
Athalie étouffa l'enfant même au berceau.
Les morts, après huit ans, sortent-ils du tombeau?
Ah! si dans sa fureur elle s'était trompée,
Si du sang de nos rois quelque goutte échappée...
　　Joad. Hé bien! que feriez-vous?
　　　　　　　　　Abner. O jour heureux pour moi!
De quelle ardeur j'irais reconnaître mon roi!
Doutez-vous qu'à ses pieds nos tribus empressées...
Mais pourquoi me flatter de ces vaines pensées?
Déplorable héritier de ces rois triomphants,
Ochosias restait seul avec ses enfants:
Par les traits de Jéhu je vis percer le père;
Vous avez vu les fils massacrés par la mère.
　　Joad. Je ne m'explique point. Mais, quand l'astre du jour
Aura sur l'horizon fait le tiers de son tour,
Lorsque la troisième heure aux prières rappelle,
Retrouvez-vous au temple avec ce même zèle.

Dieu pourra vous montrer, par d'importants bienfaits,
Que sa parole est stable, et ne trompe jamais.
Allez : pour ce grand jour il faut que je m'apprête,
Et du temple déjà l'aube blanchit le faîte.
    Abner. Quel sera ce bienfait que je ne comprends pas?

SCÈNE II. — JOSABET, JOAD, ABNER.

    Abner. L'illustre Josabet porte vers vous ses pas :
Je sors, et vais me joindre à la troupe fidèle
Qu'attire de ce jour la pompe solennelle.

SCÈNE III. — JOSABET, JOAD.

    Joad. Les temps sont accomplis, princesse, il faut parler,
Et votre heureux larcin ne se peut plus celer.
Des ennemis de Dieu la coupable insolence,
Abusant contre lui de ce profond silence,
Accuse trop longtemps ses promesses d'erreur.
Que dis-je? le succès animant leur fureur,
Jusque sur notre autel votre injuste marâtre
Veut offrir à Baal un encens idolâtre.
Montrons ce jeune roi que vos mains ont sauvé,
Sous l'aile du Seigneur dans le temple élevé.
De nos princes hébreux il aura le courage,
Et déjà son esprit a devancé son âge.
Avant que son destin s'explique par ma voix,
Je vais l'offrir au Dieu, par qui règnent les rois.
Aussitôt, assemblant nos lévites, nos prêtres,
Je leur déclarerai l'héritier de leurs maîtres.
    Josabet. Sait-il déjà son nom et son noble destin?
    Joad. Il ne répond encor qu'au nom d'Éliacin,
Et se croit quelque enfant rejeté par sa mère,
A qui j'ai par pitié daigné servir de père.
    Josabet. Hélas! de quel péril je l'avais su tirer!
Dans quel péril encore est-il près de rentrer!
    Joad. Quoi! déjà votre foi s'affaiblit et s'étonne?
    Josabet. A vos sages conseils, seigneur, je m'abandonne.
Du jour que j'arrachai cet enfant à la mort,
Je remis en vos mains tout le soin de son sort.
Même, de mon amour craignant la violence,
Autant que je le puis, j'évite sa présence,
De peur qu'en le voyant quelque trouble indiscret
Ne fasse avec mes pleurs échapper mon secret.
Surtout j'ai cru devoir aux larmes, aux prières
Consacrer ces trois jours et ces trois nuits entières.
Cependant aujourd'hui puis-je vous demander
Quels amis vous avez prêts à vous seconder?
Abner, le brave Abner viendra-t-il nous défendre?
A-t-il près de son roi fait serment de se rendre?
    Joad. Abner, quoiqu'on se pût assurer sur sa foi,
Ne sait pas même encor si nous avons un roi.
    Josabet. Mais à qui de Joas confiez-vous la garde?
Est-ce Obed? Est-ce Ammon que cet honneur regarde?
De mon père sur eux les bienfaits répandus...
    Joad. A l'injuste Athalie ils se sont tous vendus.
    Josabet. Qui donc opposez-vous contre ces satellites?
    Joad. Ne vous l'ai-je pas dit? nos prêtres, nos lévites.

Josabet. Je sais que près de vous en secret rassemblé,
Par vos soins prévoyants leur nombre est redoublé ;
Que plein d'amour pour vous, d'horreur pour Athalie,
Un serment solennel par avance les lie
A ce fils de David qu'on leur doit révéler.
Mais, quelque noble ardeur dont ils puissent brûler,
Peuvent-ils de leur roi venger seuls la querelle ?
Pour un si grand ouvrage est-ce assez de leur zèle ?
Doutez-vous qu'Athalie, au premier bruit semé
Qu'un fils d'Ochosias est ici renfermé,
De ses fiers étrangers assemblant les cohortes,
N'environne le temple et n'en brise les portes ?
Suffira-t-il contre eux de vos ministres saints,
Qui, levant au Seigneur leurs innocentes mains,
Ne savent que gémir et prier pour nos crimes,
Et n'ont jamais versé que le sang des victimes ?
Peut-être dans leurs bras Joas, percé de coups...
Joad. Et comptez-vous pour rien Dieu qui combat pour nous ?
Dieu, qui de l'orphelin protége l'innocence,
Et fait dans la faiblesse éclater sa puissance ;
Dieu, qui hait les tyrans, et qui dans Jezraël
Jura d'exterminer Achab et Jézabel ;
Dieu qui, frappant Joram, le mari de leur fille,
A jusque sur son fils poursuivi leur famille ;
Dieu, dont le bras vengeur, pour un temps suspendu,
Sur cette race impie est toujours étendu ?
Josabet. Et c'est sur tous ces rois sa justice sévère
Que je crains pour le fils de mon malheureux frère.
Qui sait si cet enfant, par leur crime entraîné,
Avec eux en naissant ne fut pas condamné ?
Si Dieu, le séparant d'une odieuse race,
En faveur de David voudra lui faire grâce ?
Hélas ! l'état horrible où le ciel me l'offrit
Revient à tous moments effrayer mon esprit.
De princes égorgés la chambre était remplie :
Un poignard à la main, l'implacable Athalie
Au carnage animait ses barbares soldats,
Et poursuivait le cours de ses assassinats.
Joas, laissé pour mort, frappa soudain ma vue.
Je me figure encor sa nourrice éperdue,
Qui devant les bourreaux s'était jetée en vain,
Et, faible, le tenait renversé sur son sein.
Je le pris tout sanglant. En baignant son visage,
Mes pleurs du sentiment lui rendirent l'usage ;
Et soit frayeur encore, ou pour me caresser,
De ses bras innocents je me sentis presser.
Grand Dieu, que mon amour ne lui soit point funeste !
Du fidèle David c'est le précieux reste.
Nourri dans ta maison, en l'amour de ta loi,
Il ne connaît encor d'autre père que toi.
Sur le point d'attaquer une reine homicide,
A l'aspect du péril, si ma foi s'intimide,
Si la chair et le sang, se troublant aujourd'hui,
Ont trop de part aux pleurs que je répands pour lui,
Conserve l'héritier de tes saintes promesses,
Et ne punis que moi de toutes mes faiblesses.
Joad. Vos larmes, Josabet, n'ont rien de criminel ;

Mais Dieu veut qu'on espère en son soin paternel.
Il ne recherche point, aveugle en sa colère,
Sur le fils qui le craint l'impiété du père.
Tout ce qui reste encor de fidèles Hébreux
Lui viendront aujourd'hui renouveler leurs vœux :
Autant que de David la race est respectée,
Autant de Jézabel la fille est détestée.
Joas les touchera par sa noble pudeur,
Où semble de son sang reluire la splendeur ;
Et Dieu, par sa voix même appuyant notre exemple,
De plus près à leur cœur parlera dans son temple.
Deux infidèles rois tour à tour l'ont bravé.
Il faut que sur le trône un roi soit élevé,
Qui se souvienne un jour qu'au rang de ses ancêtres
Dieu l'a fait remonter par la main de ses prêtres,
L'a tiré par leur main de l'oubli du tombeau,
Et de David éteint rallumé le flambeau.
Grand Dieu, si tu prévois qu'indigne de sa race,
Il doive de David abandonner la trace ;
Qu'il soit comme le fruit en naissant arraché,
Ou qu'un souffle ennemi dans sa fleur a séché.
Mais, si ce même enfant, à tes ordres docile,
Doit être à tes desseins un instrument utile,
Fais qu'au juste héritier le sceptre soit remis ;
Livre en mes faibles mains ses puissants ennemis,
Confonds dans ses conseils une reine cruelle.
Daigne, daigne, mon Dieu, sur Mathan et sur elle
Répandre cet esprit d'imprudence et d'erreur,
De la chute des rois funeste avant-coureur !
L'heure me presse. Adieu. Des plus saintes familles
Votre fils et sa sœur vous amènent les filles.

SCÈNE IV. — JOSABET, ZACHARIE, SALOMITH, LE CHŒUR.

Josabet. Cher Zacharie, allez, ne vous arrêtez pas.
De votre auguste père accompagnez les pas.
O filles de Lévi, troupe jeune et fidèle,
Que déjà le Seigneur embrase de son zèle,
Qui venez si souvent partager mes soupirs,
Enfants, ma seule joie en mes longs déplaisirs ;
Ces festons dans vos mains et ces fleurs sur vos têtes,
Autrefois convenaient à nos pompeuses fêtes :
Mais, hélas ! en ces temps d'opprobre et de douleur,
Quelle offrande sied mieux que celle de nos pleurs !
J'entends déjà, j'entends la trompette sacrée,
Et du temple bientôt on permettra l'entrée.
Tandis que je me vais préparer à marcher,
Chantez, louez le Dieu que vous venez chercher.

SCÈNE V.

LE CHŒUR CHANTE.
Tout l'univers est plein de sa magnificence :
Qu'on l'adore, ce Dieu, qu'on l'invoque à ja-
[mais ;
Son empire a des temps précédé la naissance ;
Chantons, publions ses bienfaits.
UNE VOIX SEULE.
En vain l'injuste violence

Au peuple qui le loue imposerait silence :
Son nom ne périra jamais. [sance.
Le jour annonce au jour sa gloire et sa puis-
Tout l'univers est plein de sa magnificence :
Chantons, publions ses bienfaits.
LE CHŒUR RÉPÈTE.
Tout l'univers est plein de sa magnificence
Chantons, publions ses bienfaits

UNE VOIX SEULE.

Il donne aux fleurs leur aimable peinture :
Il fait naître et mûrir les fruits ;
Il leur dispense avec mesure [nuits.
Et la chaleur des jours, et la fraîcheur des
Le champ qui les reçut les rend avec usure.

UNE AUTRE.

Il commande au soleil d'animer la nature,
Et la lumière est un don de ses mains.
Mais sa loi sainte, sa loi pure, [mains.
Est le plus riche don qu'il ait fait aux hu-

UNE AUTRE.

O mont de Sinaï, conserve la mémoire
De ce jour à jamais auguste et renommé.
Quand sur ton sommet enflammé,
Dans un nuage épais le Seigneur enfermé
Fit luire aux yeux mortels un rayon de sa
[gloire.
Dis-nous pourquoi ces feux et ces éclairs,
Ces torrents de fumée et ce bruit dans les
Ces trompettes et ce tonnerre ? [airs,
Venait-il renverser l'ordre des éléments ?
Sur ses antiques fondements
Venait-il ébranler la terre ?

UNE AUTRE.

Il venait révéler aux enfants des Hébreux
De ses préceptes saints la lumière immor-
[telle :
Il venait à ce peuple heureux
Ordonner de l'aimer d'une amour éternelle.

LE CHŒUR.

O divine, ô charmante loi !
O justice, ô bonté suprême !

Que de raisons, quelle douceur extrême,
D'engager à ce Dieu son amour et sa foi !

UNE VOIX SEULE.

D'un joug cruel il sauva nos aïeux,
Les nourrit au désert d'un pain délicieux ;
Il nous donne ses lois, il se donne lui-même ;
Pour tant de biens, il commande qu'on
[l'aime

LE CHŒUR.

O justice, ô bonté suprême !

LA MÊME VOIX.

Des mers pour eux il entr'ouvrit les eaux ;
D'un aride rocher fit sortir des ruisseaux ;
Il nous donne ses lois, il se donne lui-même ;
Pour tant de biens, il commande qu'on
[l'aime.

LE CHŒUR.

O divine, ô charmante loi !
Que de raisons, quelle douceur extrême
D'engager à ce Dieu son amour et sa foi !

UNE AUTRE VOIX SEULE. [vile,
Vous, qui ne connaissez qu'une crainte ser-
Ingrats, un Dieu si bon ne peut-il vous
[charmer ?
Est-il donc à vos cœurs, est-il si difficile
Et si pénible de l'aimer ?
L'esclave craint le tyran qui l'outrage,
Mais des enfants l'amour est le partage.
Vous voulez que ce Dieu vous comble de bien-
[faits,

Et ne l'aimer jamais !

LE CHŒUR.

O divine, ô charmante loi ! etc.

ACTE II

SCÈNE Iʳᵉ. — JOSABET, SALOMITH, LE CHŒUR.

Josabet. Mes filles, c'est assez ; suspendez vos cantiques.
Il est temps de nous joindre aux prières publiques.
Voici notre heure : allons célébrer ce grand jour,
Et devant le Seigneur paraître à notre tour.

SCÈNE II. — ZACHARIE, JOSABET, SALOMITH, LE CHŒUR.

Josabet. Mais que vois-je ? mon fils ? quel sujet vous ramène ?
Où courez-vous ainsi, tout pâle et hors d'haleine ?
Zacharie. O ma mère !
    Josabet. Hé bien, quoi ?
      Zacharie. Le temple est profané.
Josabet. Comment ?
    Zacharie. Et du Seigneur l'autel abandonné.
Josabet. Je tremble. Hâtez-vous d'éclaircir votre mère.
Zacharie. Déjà, selon la loi, le grand prêtre mon père,
Après avoir au Dieu qui nourrit les humains
De la moisson nouvelle offert les premiers pains,
Lui présentait encore, entre ses mains sanglantes,
Des victimes de paix les entrailles fumantes.
Debout à ses côtés, le jeune Éliacin,
Comme moi, le servait en long habit de lin ;

Et cependant du sang de la chair immolée
Les prêtres arrosaient l'autel et l'assemblée.
Un bruit confus s'élève, et du peuple surpris
Détourne tout à coup les yeux et les esprits.
Une femme... peut-on la nommer sans blasphème!
Une femme... c'était Athalie elle-même.
　　Josabet. Ciel!
　　　　Zacharie. Dans un des parvis aux hommes réservé
Cette femme superbe entre le front levé,
Et se préparait même à passer les limites
De l'enceinte sacrée ouverte aux seuls lévites.
Le peuple s'épouvante et fuit de toutes parts.
Mon père... Ah! quel courroux animait ses regards!
Moïse à Pharaon parut moins formidable :
« Reine, sors, a-t-il dit, de ce lieu redoutable,
» D'où te bannit ton sexe et ton impiété.
» Viens-tu du Dieu vivant braver la majesté? »
La reine alors, sur lui jetant un œil farouche,
Pour blasphémer sans doute ouvrait déjà la bouche :
J'ignore si de Dieu l'ange se dévoilant
Est venu lui montrer un glaive étincelant,
Mais sa langue en sa bouche à l'instant s'est glacée,
Et toute son audace a paru terrassée:
Ses yeux, comme effrayés n'osaient se détourner.
Surtout Éliacin paraissait l'étonner.
　　Josabet. Quoi donc! Éliacin a paru devant elle?
　　Zacharie. Nous regardions tous deux cette reine cruelle,
Et d'une égale horreur nos cœurs étaient frappés;
Mais les prêtres bientôt nous ont enveloppés :
On nous a fait sortir. J'ignore tout le reste,
Et venais vous conter ce désordre funeste.
　　Josabet. Ah! de nos bras, sans doute, elle vient l'arracher,
Et c'est lui qu'à l'autel sa fureur vient chercher.
Peut-être en ce moment l'objet de tant de larmes...
Souviens-toi de David, Dieu, qui voit mes alarmes!
　　Salomith. Quel est-il, cet objet des pleurs que vous versez?
　　Zacharie. Les jours d'Éliacin seraient-ils menacés?
　　Salomith. Aurait-il de la reine attiré la colère?
　　Zacharie. Que craint-on d'un enfant sans support et sans père?
　　Josabet. Ah! la voici. Sortons : il la faut éviter.

SCÈNE III. — Suite d'Athalie, Agar, Athalie, Abner.

　　Agar. Madame, dans ces lieux pourquoi vous arrêter?
Ici tous les objets vous blessent, vous irritent.
Abandonnez ce temple aux prêtres qui l'habitent.
Fuyez tout ce tumulte, et dans votre palais
A vos sens agités venez rendre la paix.
　　Athalie. Non, je ne puis, tu vois mon trouble et ma faiblesse.
Va, fais dire à Mathan qu'il vienne, qu'il se presse
　　　　　　　　　　　　(Agar sort.)

SCÈNE IV. — Athalie, Abner, Suite-d'Athalie.

　　Athalie. Heureuse, si je puis trouver par son secours
Cette paix que je cherche et qui me fuit toujours.
　　　　　　　　　　　　(Elle s'assied.)
　　Abner. Madame, pardonnez si j'ose le défendre :

Le zèle de Joad n'a point dû vous surprendre.
Du Dieu que nous servons tel est l'ordre éternel :
Lui-même il nous traça son temple et son autel,
Aux seuls enfants d'Aron commit ses sacrifices,
Aux lévites marqua leurs places et leurs offices,
Et surtout défendit à leur postérité
Avec tout autre Dieu toute société.
Hé quoi? vous, de nos rois et la femme et la mère,
Êtes-vous à ce point parmi nous étrangère?
Ignorez-vous nos lois? et faut-il qu'aujourd'hui...
Voici votre Mathan : je vous laisse avec lui.
    Athalie. Votre présence, Abner, est ici nécessaire.
Laissons là de Joad l'audace téméraire,
Et tout ce vain amas de superstitions
Qui ferment votre temple aux autres nations ;
Un sujet plus pressant excite mes alarmes.
Je sais que, dès l'enfance élevé dans les armes,
Abner a le cœur noble, et qu'il rend à la fois
Ce qu'il doit à son Dieu, ce qu'il doit à ses rois.
Demeurez.

SCÈNE V. — Suite d'Athalie, Nabal, Mathan, Athalie, Abner

    Mathan. Grande reine, est-ce ici votre place?
Quel trouble vous agite, et quel effroi vous glace?
Parmi vos ennemis que venez-vous chercher?
De ce temple profane osez-vous approcher?
Avez-vous dépouillé cette haine si vive...
    Athalie. Prêtez-moi l'un et l'autre une oreille attentive.
Je ne veux point ici rappeler le passé,
Ni vous rendre raison du sang que j'ai versé.
Ce que j'ai fait, Abner, j'ai cru le devoir faire.
Je ne prends point pour juge un peuple téméraire.
Quoi que son insolence ait osé publier,
Le ciel même a pris soin de me justifier.
Sur d'éclatants succès ma puissance établie
A fait jusqu'aux deux mers respecter Athalie.
Par moi Jérusalem goûte un calme profond.
Le Jourdain ne voit plus l'Arabe vagabond,
Ni l'altier Philistin, par d'éternels ravages,
Comme au temps de vos rois, désoler ses rivages.
Le Syrien me traite et de reine et de sœur.
Enfin de ma maison le perfide oppresseur,
Qui devait jusqu'à moi pousser sa barbarie,
Jéhu, le fier Jéhu, tremble dans Samarie.
De toute part pressé par un puissant voisin
Que j'ai su soulever contre cet assassin,
Il me laisse en ces lieux souveraine maîtresse.
Je jouissais en paix du fruit de ma sagesse.
Mais un trouble importun vient depuis quelques jours
De mes prospérités interrompre le cours.
Un songe (me devrais-je inquiéter d'un songe?)
Entretient dans mon cœur un chagrin qui le ronge.
Je l'évite partout, partout il me poursuit.
C'était pendant l'horreur d'une profonde nuit :
Ma mère Jézabel devant moi s'est montrée,
Comme au jour de sa mort pompeusement parée
Ses malheurs n'avaient point abattu sa fierté :

Même elle avait encor cet éclat emprunté
Dont elle eut soin de peindre et d'orner son visage
Pour réparer des ans l'irréparable outrage.
« Tremble, m'a-t-elle dit, fille digne de moi.
» Le cruel Dieu des Juifs l'emporte aussi sur toi ;
» Je te plains de tomber dans ses mains redoutables,
» Ma fille. » En achevant ces mots épouvantables,
Son ombre vers mon lit a paru se baisser ;
Et moi, je lui tendais les mains pour l'embrasser.
Mais je n'ai plus trouvé qu'un horrible mélange
D'os et de chair meurtris et traînés dans la fange,
Des lambeaux pleins de sang, et des membres affreux,
Que des chiens dévorants se disputaient entre eux.

    Abner. Grand Dieu !

        Athalie. Dans ce désordre à mes yeux se présente
Un jeune enfant couvert d'une robe éclatante,
Tels qu'on voit des Hébreux les prêtres revêtus.
Sa vue a ranimé mes esprits abattus.
Mais lorsque, revenant de mon trouble funeste,
J'admirais sa douceur, son air noble et modeste,
J'ai senti tout à coup un homicide acier
Que le traître en mon sein a plongé tout entier.
De tant d'objets divers le bizarre assemblage
Peut-être du hasard vous paraît un ouvrage.
Moi-même quelque temps, honteuse de ma peur,
Je l'ai pris pour l'effet d'une sombre vapeur.
Mais de ce souvenir mon âme possédée
A deux fois en dormant revu la même idée.
Deux fois mes tristes yeux se sont vu retracer
Ce même enfant toujours tout prêt à me percer.
Lasse enfin des horreurs dont j'étais poursuivie,
J'allais prier Baal de veiller sur ma vie,
Et chercher du repos aux pieds de ses autels.
Que ne peut la frayeur sur l'esprit des mortels !
Dans le temple des Juifs un instinct m'a poussée,
Et d'apaiser leur Dieu j'ai conçu la pensée :
J'ai cru que des présents calmeraient son courroux,
Que ce Dieu, quel qu'il soit, en deviendrait plus doux.
Pontife de Baal, excusez ma faiblesse.
J'entre. Le peuple fuit. Le sacrifice cesse.
Le grand prêtre vers moi s'élance avec fureur.
Pendant qu'il me parlait, ô surprise ! ô terreur !
J'ai vu ce même enfant dont je suis menacée,
Tel qu'un songe effrayant l'a peint à ma pensée.
Je l'ai vu, son même air, son même habit de lin,
Sa démarche, ses yeux, et tout ses traits enfin ;
C'est lui-même. Il marchait à côté du grand prêtre ;
Mais bientôt à ma vue on l'a fait disparaître.
Voilà quel trouble ici m'oblige à m'arrêter,
Et sur quoi j'ai voulu tous deux vous consulter.
Que présage, Mathan, ce prodige incroyable ?

    Mathan. Ce songe et ce rapport, tout me semble effroyable.

    Athalie. Mais cet enfant fatal, Abner, vous l'avez vu.
Quel est-il ? de quel sang ? et de quelle tribu ?

    Abner. Deux enfants à l'autel prêtaient leur ministère !
L'un est fils de Joad, Josabet est sa mère ;
L'autre m'est inconnu.

Mathan. Pourquoi délibérer?
De tous les deux, madame, il se faut assurer,
Vous savez pour Joad mes égards, mes mesures;
Que je ne cherche point à venger mes injures,
Que la seule équité règne en tous mes avis;
Mais lui-même, après tout, fût-ce son propre fils,
Voudrait-il un moment laisser vivre un coupable?
    Abner. De quel crime un enfant peut-il être capable?
    Mathan. Le ciel vous le fait voir un poignard à la main.
Le ciel est juste et sage, et ne fait rien en vain.
Que cherchez-vous de plus?
                    Abner. Mais sur la foi d'un songe,
Dans le sang d'un enfant voulez-vous qu'on se plonge?
Vous ne savez encor de quel père il est né,
Quel il est.
    Mathan. On le craint, tout est examiné.
A d'illustres parents s'il doit son origine,
La splendeur de son nom doit hâter sa ruine.
Dans le vulgaire obscur si le sort l'a placé,
Qu'importe qu'au hasard un sang vil soit versé?
Est-ce aux rois à garder cette lente justice?
Leur sûreté souvent dépend d'un prompt supplice.
N'allons point les gêner d'un soin embarrassant:
Dès qu'on leur est suspect, on n'est plus innocent.
    Abner. Hé quoi, Mathan, d'un prêtre est-ce là le langage?
Moi, nourri dans la guerre, aux horreurs du carnage,
Des vengeances des rois ministre rigoureux,
C'est moi qui prête ici ma voix au malheureux!
Et vous, qui lui devez des entrailles de père,
Vous, ministre de paix dans les temps de colère,
Couvrant d'un zèle faux votre ressentiment,
Le sang à votre gré coule trop lentement!
Vous m'avez commandé de vous parler sans feinte,
Madame. Quel est donc ce grand sujet de crainte?
Un songe, un faible enfant, que votre œil prévenu
Peut-être sans raison croit avoir reconnu.
    Athalie. Je le veux croire, Abner; je puis m'être trompée:
Peut-être un songe vain m'a trop préoccupée.
Hé bien! il faut revoir cet enfant de plus près;
Il en faut à loisir examiner les traits.
Qu'on les fasse tous deux paraître en ma présence.
    Abner. Je crains....
                    Athalie. Manquerait-on pour moi de complaisance?
De ce refus bizarre où seraient les raisons?
Il pourrait me jeter en d'étranges soupçons...
Que Josabet, vous dis-je, ou Joad les amène.
Je puis, quand je voudrai, parler en souveraine.
Vos prêtres, je veux bien, Abner, vous l'avouer,
Des bontés d'Athalie ont lieu de se louer.
Je sais sur ma conduite et contre ma puissance
Jusqu'où de leurs discours ils portent la licence.
Ils vivent cependant, et leur temple est debout.
Mais je sens que bientôt ma douceur est à bout.
Que Joad mette un frein à son zèle sauvage,
Et ne m'irrite point par un second outrage
Allez.

SCÈNE VI. — NABAL, MATHAN, ATHALIE, Suite.

Mathan. Enfin je puis parler en liberté.
Je puis dans tout son jour mettre la vérité.
Quelque monstre naissant dans ce temple s'élève,
Reine : n'attendez pas que le nuage crève.
Abner chez le grand prêtre a devancé le jour.
Pour le sang de ses rois vous savez son amour.
Et qui sait si Joad ne veut point en leur place
Substituer l'enfant dont le ciel vous menace,
Soit son fils, soit quelque autre!...
        Athalie. Oui, vous m'ouvrez les yeux.
Je commence à voir clair dans cet avis des cieux.
Mais je veux de mon doute être débarrassée.
Un enfant est peu propre à trahir sa pensée ;
Souvent d'un grand dessein un mot nous fait juger.
Laissez-moi, cher Mathan, le voir, l'interroger.
Vous, cependant, allez : et, sans jeter d'alarmes,
A tous mes Tyriens faites prendre les armes.

SCÈNE VII. — ABNER, ATHALIE *et* SA Suite, ZACHARIE, JOAS,
 JOSABET, SALOMITH, ISMAEL, UN LÉVITE, LE Chœur.

Josabet, *au Lévite.* O vous, sur ces enfants si chers, si précieux,
Ministre du Seigneur, ayez toujours les yeux.   [garde.
 Abner, *à Josabet.* Princesse, assurez-vous, je les prends sous ma
 Athalie. O ciel! plus j'examine, et plus je le regarde,
C'est lui! D'horreur encor tous mes sens sont saisis!
(*Montrant Joas.*) Épouse de Joad, est-ce là votre fils?
 Josabet, *montrant Zacharie.* Qui? lui, madame?
  Athalie, *montrant Joas.* Lui.
      Josabet. Je ne suis point sa mère.
Voilà mon fils.
  Athalie *à Joas.* Et vous, quel est donc votre père?
Jeune enfant, répondez.
    Josabet. Le ciel jusqu'aujourd'hui...
 Athalie. Pourquoi vous pressez-vous de répondre pour lui?
C'est à lui de parler.
    Josabet. Dans un âge si tendre,
Quel éclaircissement en pouvez-vous attendre!
 Athalie. Cet âge est innocent. Son ingénuité
N'altère point encor la simple vérité.
Laissez-le s'expliquer sur tout ce qui le touche.
  Josabet, *à part.* Daigne mettre, grand Dieu, ta sagesse en sa bouche.
 Athalie, *à Joas.* Comment vous nommez-vous?
      Joas. J'ai nom Éliacin.
 Athalie. Votre père?
    Joas. Je suis, dit-on, un orphelin
Entre les bras de Dieu jeté dès ma naissance,
Et qui de mes parents n'eus jamais connaissance.
 Athalie. Vous êtes sans parents?
     Joas. Ils m'ont abandonné.
 Athalie. Comment? et depuis quand?
     Joas. Depuis que je suis né.
 Athalie. Ne sait-on pas au moins quel pays est le vôtre?
 Joas. Ce temple est mon pays, je n'en connais point d'autre.
 Athalie. Où dit-on que le sort vous a fait rencontrer?
 Joas. Parmi des loups cruels prêts à me dévorer.

Athalie. Qui vous mit dans ce temple?

                 Joas. Une femme inconnue,
Qui ne dit point son nom, et qu'on n'a point revue.

Athalie. Mais de vos premiers ans quelles mains ont pris soin?

Joas. Dieu laissa-t-il jamais ses enfants au besoin?
Aux petits des oiseaux il donne leur pâture,
Et sa bonté s'étend sur toute la nature.
Tous les jours je l'invoque, et d'un soin paternel
Il me nourrit des dons offerts sur son autel.

Athalie. Quel prodige nouveau me trouble et m'embarrasse?
La douceur de sa voix, son enfance, sa grâce,
Font insensiblement à mon inimitié
Succéder... Je serais sensible à la pitié?

Abner. Madame, voilà donc cet ennemi terrible?
De vos songes menteurs l'imposture est visible,
A moins que la pitié qui semble vous troubler
Ne soit ce coup fatal qui vous faisait trembler.

Athalie, *à Joas et à Josabet.* Vous sortez?

              Josabet. Vous avez entendu sa fortune,
Sa présence à la fin pourrait être importune.

Athalie. Non, revenez. Quel est tous les jours votre emploi?

Joas. J'adore le Seigneur; on m'explique sa loi ·
Dans son livre divin on m'apprend à la lire;
Et déjà de ma main je commence à l'écrire.

Athalie. Que vous dit cette loi?

             Joas. Que Dieu veut être aimé;
Qu'il venge tôt ou tard son saint nom blasphémé;
Qu'il est le défenseur de l'orphelin timide,
Qu'il résiste au superbe, et punit l'homicide.

Athalie. J'entends. Mais tout ce peuple enfermé dans ce lieu,
A quoi s'occupe-t-il?

           Joas. Il loue, il bénit Dieu.

Athalie. Dieu veut-il qu'à toute heure on prie, on le contemple?

Joas. Tout profane exercice est banni de son temple.

Athalie. Quels sont donc vos plaisirs?

             Joas. Quelquefois à l'autel
Je présente au grand prêtre ou l'encens ou le sel.
J'entends chanter de Dieu les grandeurs infinies.
Je vois l'ordre pompeux de ses cérémonies.

Athalie. Hé quoi? vous n'avez point de passe-temps plus doux?
Je plains le triste sort d'un enfant tel que vous.
Venez dans mon palais, vous y verrez ma gloire.

Joas. Moi, des bienfaits de Dieu je perdrais la mémoire?

Athalie. Non, je ne vous veux pas contraindre à l'oublier.

Joas. Vous ne le priez point.

           Athalie. Vous pourrez le prier.

Joas. Je verrais cependant en invoquer un autre!

Athalie. J'ai mon dieu que je sers. Vous servirez le vôtre .
Ce sont deux puissants dieux.

           Joas. Il faut craindre le mien,
Lui seul est Dieu, Madame, et le vôtre n'est rien.

Athalie. Les plaisirs près de moi vous chercheront en foule.

Joas. Le bonheur des méchants comme un torrent s'écoule.

Athalie. Ces méchants, qui sont-ils?

           Josabet. Hé, madame! excusez
Un enfant...

     Athalie, *à Josabet.* J'aime à voir comme vous l'instruisez.

Enfin, Éliacin, vous avez su me plaire;
Vous n'êtes point sans doute un enfant ordinaire.
Vous voyez; je suis reine, et n'ai point d'héritier;
Laissez là cet habit, quittez ce vil métier.
Je veux vous faire part de toutes mes richesses.
Essayez dès ce jour l'effet de mes promesses:
A ma table, partout, à mes côtés assis,
Je prétends vous traiter comme mon propre fils.
    Joas. Comme votre fils?
             Athalie. Oui. Vous vous taisez?
                        Joas. Quel père
Je quitterais! Et pour...
           Athalie. Eh bien?
                 Joas. Pour quelle mère!
    Athalie, *à Josabet.* Sa mémoire est fidèle; et dans tout ce qu'il dit
De vous et de Joad je reconnais l'esprit.
Voilà comme; infectant cette simple jeunesse,
Vous employez tous deux le calme où je vous laisse.
Vous cultivez déjà leur haine et leur fureur;
Vous ne leur prononcez mon nom qu'avec horreur.
    Josabet. Peut-on de nos malheurs leur dérober l'histoire?
Tout l'univers les sait; vous-même en faites gloire.
    Athalie. Oui, ma juste fureur, et j'en fais vanité,
A vengé mes parents sur ma postérité.
J'aurais vu massacrer et mon père et mon frère,
Du haut de son palais précipiter ma mère,
Et dans un même jour égorger à la fois
(Quel spectacle d'horreur!) quatre-vingts fils de rois!
Et pourquoi? pour venger je ne sais quels prophètes
Dont elle avait puni les fureurs indiscrètes.
Et moi, reine sans cœur, fille sans amitié,
Esclave d'une lâche et frivole pitié,
Je n'aurais pas du moins à cette aveugle rage
Rendu meurtre pour meurtre, outrage pour outrage,
Et de votre David traité tous les neveux
Comme on traitait d'Achab les restes malheureux?
Où serais-je aujourd'hui si, domptant ma faiblesse,
Je n'eusse d'une mère étouffé la tendresse;
Si de mon propre sang ma main versant des flots,
N'eût par ce coup hardi réprimé vos complots?
Enfin de votre Dieu l'implacable vengeance
Entre nos deux maisons rompit toute alliance.
David m'est en horreur; et les fils de ce roi,
Quoique nés de mon sang, sont étrangers pour moi.
    Josabet. Tout vous a réussi : que Dieu voie et nous juge.
    Athalie. Ce Dieu, depuis longtemps votre unique refuge,
Que deviendra l'effet de ses prédictions?
Qu'il vous donne ce roi promis aux nations;
Cet enfant de David, votre espoir, votre attente...
Mais nous nous reverrons. Adieu; je sors contente.
J'ai voulu voir; j'ai vu.   *(Elle sort.)*

SCÈNE VIII. — ABNER, JOSABET, JOAS, ZACHARIE, SALOMITH,
ISMAEL, LE LÉVITE, LE CHŒUR.

    Abner, *à Josabet.* Je vous l'avais promis;
Je vous rends le dépôt que vous m'avez commis.

SCÈNE IX. — ABNER, JOAD, JOSABET, JOAS, ZACHARIE, SALOMITH, AZARIAS, ISMAEL, LE LÉVITE, LE CHŒUR.

Josabet, *à Joad.* Avez-vous entendu cette superbe reine,
Seigneur?
    Joad. J'entendais tout, et plaignais votre peine.
Ces lévites et moi, prêts à vous secourir,
Nous étions avec vous résolus de périr.
(A Joas, en l'embrassant.)
Que Dieu veille sur vous, enfant dont le courage
Vient de rendre à son nom ce noble témoignage.
Je reconnais, Abner, ce service important.
Souvenez-vous de l'heure où Joad vous attend.
                      (Abner sort.)

SCÈNE X. — AZARIAS, JOAD, JOAS, JOSABET, ZACHARIE, SALOMITH, ISMAEL, LE LÉVITE, LÉVITES, LE CHŒUR.

    Joad. Et nous, dont cette femme impie et meurtrière
A souillé les regards et troublé la prière,
Rentrons, et qu'un sang pur, par mes mains épanché,
Lave jusques au marbre où ses pas ont touché.

SCÈNE XI. — CHŒUR.

UNE DES FILLES DU CHŒUR.
Quel astre à nos yeux vient de luire?
Quel sera quelque jour cet enfant merveil-
Il brave le faste orgueilleux,   [leux?
Et ne se laisse point séduire
A tous ses attraits périlleux.
    UNE AUTRE.
Pendant que du dieu d'Athalie
Chacun court encenser l'autel,
Un enfant courageux publie
Que Dieu lui seul est éternel,
Et parle comme un autre Élie
Devant cette autre Jézabel.
    UNE AUTRE.
Qui nous révélera ta naissance secrète,
Cher enfant? Es-tu fils de quelque saint
    UNE AUTRE.   [prophète?
Ainsi l'on vit l'aimable Samuel
Croître à l'ombre du tabernacle:
Il devint des Hébreux l'espérance et l'oracle.
Puisses-tu, comme lui, consoler Israël!
    UNE AUTRE CHANTE.
O bienheureux mille fois,
L'enfant que le Seigneur aime,
Qui de bonne heure entend sa voix,
Et que ce Dieu daigne instruire lui-même!
Loin du monde élevé, de tous les dons des
Il est orné dès sa naissance;   [cieux
Et du méchant l'abord contagieux
N'altère point son innocence.
    LE CHŒUR.
Heureuse, heureuse l'enfance [défense!
Que le Seigneur instruit et prend sous sa
    LA MÊME VOIX SEULE.
Tel, en un secret vallon,
Sur le bord d'une onde pure,
Croît, à l'abri de l'aquilon,
Un jeune lis, l'amour de la nature,
Loin du monde élevé, etc.
    LE CHŒUR.
Heureux, heureux mille fois

L'enfant que le Seigneur rend docile à ses
    UNE VOIX SEULE.   [lois!
Mon Dieu, qu'une vertu naissante
Parmi tant de périls marche à pas incer-
               [tains
Qu'une âme qui te cherche, et veut être
               [innocente.
Trouve d'obstacle à ses desseins!
Que d'ennemis lui font la guerre!
Où se peuvent cacher tes saints?
Les pécheurs couvrent la terre.
    UNE AUTRE.
O palais de David, et sa chère cité,   [bité.
Mont fameux, que Dieu même a longtemps ha-
Comment as-tu du ciel attiré la colère?
Sion, chère Sion, que dis-tu, quand tu vois
Une impie étrangère
Assise, hélas! au trône de tes rois?
    LE CHŒUR.
Sion, chère Sion, que dis-tu quand tu vois
Une impie étrangère
Assise, hélas! au trône de tes rois?
    LA MÊME VOIX, continuant.
Au lieu des cantiques charmants
Où David t'exprimait ses saints ravissements,
Et bénissait son Dieu, son Seigneur et son
               [Père,
Sion, chère Sion, que dis-tu, quand tu vois
Louer le dieu de l'impie étrangère,
Et blasphémer le nom qu'ont adoré tes rois?
    UNE VOIX SEULE.
Combien de temps, Seigneur, combien de
             [temps encore
Verrons-nous contre toi les méchants s'élever?
Jusque dans ton saint temple ils viennent te
             [braver;
Ils traitent d'insensé le peuple qui t'adore.
Combien de temps, Seigneur, combien de
             [temps encore
Verrons-nous contre toi les méchants s'éle-
             [ver!

UNE AUTRE.

Que vous sert, disent-ils, cette vertu sau-
[vage?
De tant de plaisirs si doux
Pourquoi fuyez-vous l'usage!
Votre Dieu ne fait rien pour vous.

UNE AUTRE.

Rions, chantons, dit cette troupe impie;
De fleurs en fleurs, de plaisirs en plaisirs,
Promenons nos désirs.
Sur l'avenir insensé qui se fie.
De nos ans passagers le nombre est incertain.
Hâtons-nous aujourd'hui de jouir de la vie,
Qui sait si nous serons demain?

TOUT LE CHŒUR.

Qu'ils pleurent, ô mon Dieu! qu'ils frémis-
[sent de crainte,
Ces malheureux, qui de ta cité sainte
Ne verront point l'éternelle splendeur.

C'est à nous de chanter, nous à qui tu révèles
Tes clartés immortelles, [deur.
C'est à nous de chanter tes dons et ta gran-

UNE VOIX SEULE.

De tous ces vains plaisirs où leur âme se
[plonge.
Que leur restera-il? Ce qui reste d'un songe
Dont on a reconnu l'erreur.
A leur réveil (ô réveil plein d'horreur!),
Pendant que le pauvre à ta table
Goûtera de la paix la douceur ineffable,
Ils boiront dans la coupe affreuse, inépui-
[sable
Que tu présenteras au jour de ta fureur
A toute la race coupable.

LE CHŒUR.

O réveil plein d'horreur!
O songe peu durable!
O dangereuse erreur!

ACTE III

SCÈNE Iᵉ. — NABAL, MATHAN, LE CHŒUR.

Mathan. Jeunes filles, allez. Qu'on dise à Josabet
Que Mathan veut ici lui parler en secret.

Une des filles du Chœur.

Mathan! O Dieu du ciel, puisses-tu le confondre!

Nabal. Hé quoi! tout se disperse, et fuit sans vous répondre?
Mathan. Approchons.

SCÈNE II. — NABAL, MATHAN, ZACHARIE.

Zacharie. Téméraire, où voulez-vous passer?
Au delà de ce lieu gardez-vous d'avancer:
C'est des ministres saints la demeure sacrée.
Les lois à tout profane en défendent l'entrée.
Qui cherchez-vous? Mon père, en ce jour solennel,
De l'idolâtre impur fuit l'aspect criminel:
Et devant le Seigneur maintenant prosternée
Ma mère en ce devoir craint d'être détournée.
Mathan. Mon fils, nous attendrons, cessez de vous troubler.
C'est votre illustre mère à qui je veux parler:
Je viens ici chargé d'un ordre de la reine.

SCÈNE III. — NABAL, MATHAN

Nabal. Leurs enfants ont déjà leur audace hautaine.
Mais que veut Athalie en cette occasion?
D'où naît dans ses conseils cette confusion?
Par l'insolent Joad ce matin offensée,
Et d'un enfant fatal en songe menacée,
Elle allait immoler Joad à son courroux,
Et dans ce temple enfin placer Baal et vous.
Vous m'en aviez déjà confié votre joie,
Et j'espérais ma part d'une si riche proie.
Qui fait changer ainsi ses vœux irrésolus?
Mathan. Ami, depuis deux jours je ne la connais plus.

Ce n'est plus cette reine éclairée, intrépide,
Élevée au-dessus de son sexe timide,
Qui d'abord accablait ses ennemis surpris,
Et d'un instant perdu connaissait tout le prix.
La peur d'un vain remords trouble cette grande âme.
Elle flotte, elle hésite; en un mot, elle est femme.
J'avais tantôt rempli d'amertume et de fiel
Son cœur déjà saisi des menaces du ciel.
Elle-même, à mes soins confiant sa vengeance,
M'avait dit d'assembler sa garde en diligence;
Mais, soit que cet enfant devant elle amené,
De ses parents, dit-on, rebut infortuné,
Eût d'un songe effrayant diminué l'alarme,
Soit qu'elle eût même en lui vu je ne sais quel charme,
J'ai trouvé son courroux chancelant, incertain,
Et déjà, remettant sa vengeance à demain,
Tous ses projets semblaient l'un l'autre se détruire.
« Du sort de cet enfant je me suis fait instruire,
» Ai-je dit; on commence à vanter ses aïeux :
» Joad de temps en temps le montre aux factieux,
» Le fait attendre aux Juifs comme un autre Moïse,
» Et d'oracles menteurs s'appuie et s'autorise. »
Ces mots ont fait monter la rougeur sur son front.
Jamais mensonge heureux n'eut un effet si prompt.
« Est-ce à moi de languir dans cette incertitude?
» Sortons, a-t-elle dit, sortons d'inquiétude.
» Vous-même à Josabet prononcez cet arrêt :
» Les feux vont s'allumer, et le fer est tout prêt.
» Rien ne peut de leur temple empêcher le ravage,
» Si je n'ai de leur foi cet enfant pour otage. »
  Nabal. Hé bien, pour un enfant qu'ils ne connaissent pas,
Que le hasard peut-être a jeté dans leurs bras,
Voudront-ils que leur temple, enseveli sous l'herbe...
  Mathan. Ah! de tous les mortels connais le plus superbe.
Plutôt que dans mes mains par Joad soit livré
Un enfant qu'à son Dieu Joad a consacré,
Tu lui verras subir la mort la plus terrible.
D'ailleurs pour cet enfant leur attache est visible.
Si j'ai bien de la reine entendu le récit,
Joad sur sa naissance en sait plus qu'il ne dit.
Quel qu'il soit, je prévois qu'il leur sera funeste.
Ils le refuseront. Je prends sur moi le reste;
Et j'espère qu'enfin de ce temple odieux
Et la flamme et le fer vont délivrer mes yeux.
  Nabal. Qui peut vous inspirer une haine si forte?
Est-ce que de Baal le zèle vous transporte?
Pour moi, vous le savez, descendu d'Ismaël,
Je ne sers ni Baal ni le Dieu d'Israël.
  Mathan. Ami, peux-tu penser que d'un zèle frivole
Je me laisse aveugler pour une vaine idole,
Pour un fragile bois, que, malgré mon secours,
Les vers sur son autel consument tous les jours?
Né ministre du Dieu qu'en ce temple on adore,
Peut-être que Mathan le servirait encore
Si l'amour des grandeurs, la soif de commander,
Avec son joug étroit pouvaient s'accommoder.
Qu'est-il besoin, Nabal, qu'à tes yeux je rappelle

De Joad et de moi la fameuse querelle,
Quand j'osai contre lui disputer l'encensoir;
Mes brigues, mes combats, mes pleurs, mon désespoir?
Vaincu par lui, j'entrai dans une autre carrière,
Et mon âme à la cour s'attacha tout entière.
J'approchai par degrés de l'oreille des rois,
Et bientôt en oracle on érigea ma voix.
J'étudiai leur cœur, je flattai leurs caprices;
Je leur semai de fleurs le bord des précipices,
Près de leurs passions rien ne me fut sacré;
De mesure et de poids je changeais à leur gré.
Autant que de Joad l'inflexible rudesse
De leur superbe oreille offensait la mollesse,
Autant je les charmais par ma dextérité,
Dérobant à leurs yeux la triste vérité,
Prêtant à leurs fureurs des couleurs favorables,
Et prodigue surtout du sang des misérables.
Enfin au dieu nouveau qu'elle avait introduit
Par les mains d'Athalie un temple fut construit.
Jérusalem pleura de se voir profanée.
Des enfants de Lévi la troupe consternée
En poussa vers le ciel des hurlements affreux.
Moi seul, donnant l'exemple aux timides Hébreux,
Déserteur de leur loi, j'approuvai l'entreprise,
Et par là de Baal méritai la prêtrise.
Par là je me rendis terrible à mon rival;
Je ceignis la tiare, et marchai son égal.
Toutefois, je l'avoue, en ce comble de gloire,
Du Dieu que j'ai quitté l'importune mémoire
Jette encore en mon âme un reste de terreur,
Et c'est ce qui redouble et nourrit ma fureur.
Heureux si, sur son temple achevant ma vengeance,
Je puis convaincre enfin sa haine d'impuissance,
Et parmi les débris, le ravage, et les morts,
A force d'attentats, perdre tous mes remords.

SCÈNE IV. — NABAL, MATHAN, JOSABET.

Mathan. Mais voici Josabet. Envoyé par la reine
Pour rétablir le calme et dissiper la haine,
Princesse, en qui le ciel mit un esprit si doux,
Ne vous étonnez pas si je m'adresse à vous.
Un bruit, que j'ai pourtant soupçonné de mensonge,
Appuyant les avis qu'elle a reçus en songe,
Sur Joad, accusé de dangereux complots,
Allait de sa colère attirer tous les flots.
Je ne veux point ici vous vanter mes services.
De Joad contre moi je sais les injustices;
Mais il faut à l'offense opposer les bienfaits.
Enfin, je viens chargé de paroles de paix.
Vivez, solennisez vos fêtes sans ombrage.
De votre obéissance elle ne veut qu'un gage.
C'est, pour l'en détourner j'ai fait ce que j'ai pu,
Cet enfant sans parents, qu'elle dit qu'elle a vu.
    Josabet. Eliacin!
        Mathan. J'en ai pour elle quelque honte.
D'un vain songe peut-être elle fait trop de compte;

Mais vous vous déclarez ses mortels ennemis,
Si cet enfant sur l'heure en mes mains n'est remis.
La reine impatiente attend votre réponse.
    Josabet. Et voilà de sa part la paix qu'on nous annonce!
    Mathan. Pourriez-vous un moment douter de l'accepter?
D'un peu de complaisance est-ce trop l'acheter?
    Josabet. J'admirais si Mathan, dépouillant l'artifice,
Avait pu de son cœur surmonter l'injustice,
Et si de tant de maux le funeste inventeur
De quelque ombre de bien pouvait être l'auteur.
    Mathan. De quoi vous plaignez-vous? Vient-on avec furie
Arracher de vos bras votre fils Zacharie?
Quel est cet autre enfant si cher à votre amour?
Ce grand attachement me surprend à mon tour.
Est-ce un trésor pour vous si précieux, si rare?
Est-ce un libérateur que le ciel vous prépare?
Songez-y. Vos refus pourraient me confirmer
Un bruit sourd, que déjà l'on commence à semer.
    Josabet. Quel bruit?
            Mathan. Que cet enfant vient d'illustre origine,
Qu'à quelque grand projet votre époux le destine.
    Josabet. Et Mathan par ce bruit qui flatte sa fureur...
    Mathan. Princesse, c'est à vous à me tirer d'erreur
Je sais que, du mensonge implacable ennemie,
Josabet livrerait même sa propre vie
S'il fallait que sa vie à sa sincérité
Coûtât le moindre mot contre la vérité.
Du sort de cet enfant on n'a donc nulle trace?
Une profonde nuit enveloppe sa race?
Et vous-même ignorez, de quel parents issu,
De quelles mains Joad en ses bras l'a reçu?
Parlez; je vous écoute, et suis prêt de vous croire.
Au Dieu que vous servez, princesse, rendez gloire.
    Josabet. Méchant! c'est bien à vous d'oser ainsi nommer
Un Dieu que votre bouche enseigne à blasphémer!
Sa vérité par vous peut-elle être attestée,
Vous, malheureux, assis dans la chaire empestée
Où le mensonge règne et répand son poison?
Vous, nourri dans la fourbe et dans la trahison?

SCÈNE V. — NABAL, MATHAN, JOSABET, JOAD.

    Joad. Où suis-je? De Baal ne vois-je pas le prêtre?
Quoi, fille de David, vous parlez à ce traître!
Vous souffrez qu'il vous parle! et vous ne craignez pas
Que, du fond de l'abîme entr'ouvert sous ses pas,
Il ne sorte à l'instant des feux qui vous embrasent,
Ou qu'en tombant sur lui ces murs ne vous écrasent!
Que veut-il? De quel front cet ennemi de Dieu
Vient-il infecter l'air qu'on respire en ce lieu?
    Mathan. On reconnaît Joad à cette violence.
Toutefois il devrait montrer plus de prudence,
Respecter une reine, et ne pas outrager
Celui que de son ordre elle a daigné charger.
    Joad. Hé bien, que nous fait-elle annoncer de sinistre?
Quel sera l'ordre affreux qu'apporte un tel ministre?
    Mathan. J'ai fait à Josabet savoir sa volonté.

Joad. Sors donc de devant moi, monstre d'impiété
De toutes tes horreurs, va, comble la mesure.
Dieu s'apprête à te joindre à la race parjure,
Abiron, et Dathan, Doeg, Achitophel.
Les chiens, à qui son bras a livré Jézabel,
Attendant que sur toi sa fureur se déploie,
Déjà sont à ta porte et demandent leur proie.
     Mathan, *se troublant.* Avant la fin du jour... on verra qui de nous..
Doit... Mais sortons, Nabal.
                         Nabal. Où vous égarez-vous?
De vos sens étonnés quel désordre s'empare?
Voilà votre chemin.

SCÈNE VI. — JOSABET, JOAD.

             Josabet. L'orage se déclare.
Athalie en fureur demande Éliacin.
Déjà de sa naissance et de votre dessein
On commence, seigneur, à percer le mystère.
Peu s'en faut que Mathan ne m'ait nommé son père.
     Joad. Au perfide Mathan qui l'aurait révélé?
Votre trouble à Mathan n'a-t-il point trop parlé?
     Josabet. J'ai fait ce que j'ai pu pour m'en rendre maîtresse.
Cependant, croyez-moi, seigneur, le péril presse.
Réservons cet enfant pour un temps plus heureux.
Tandis que les méchants délibèrent entre eux,
Avant qu'on l'environne, avant qu'on nous l'arrache,
Une seconde fois souffrez que je le cache.
Les portes, les chemins, lui sont encore ouverts.
Faut-il le transporter aux plus affreux déserts?
Je suis prête. Je sais une secrète issue,
Par où, sans qu'on le voie et sans être aperçue,
De Cédron avec lui traversant le torrent,
J'irai dans le désert où jadis en pleurant,
Et cherchant comme nous son salut dans la fuite,
David d'un fils rebelle évita la poursuite.
Je craindrai moins pour lui les lions et les ours...
Mais pourquoi de Jéhu refuser le secours?
Je vous ouvre peut-être un avis salutaire.
Faisons de ce trésor Jéhu dépositaire.
On peut dans ses États le conduire aujourd'hui,
Et le chemin est court qui mène jusqu'à lui.
Jéhu n'a point un cœur farouche, inexorable;
De David à ses yeux le nom est favorable.
Hélas! est-il un roi si dur et si cruel,
A moins qu'il n'eût pour mère une autre Jézabel,
Qui d'un tel suppliant ne plaignît l'infortune?
Sa cause à tous les rois n'est-elle pas commune?
     Joad. Quels timides conseils m'osez-vous suggérer?
En l'appui de Jéhu pourriez-vous espérer?
     Josabet. Dieu défend-il tout soin et toute prévoyance?
Ne l'offense-t-on point par trop de confiance?
A ses desseins sacrés employant les humains,
N'a-t-il pas de Jéhu lui-même armé les mains?
     Joad. Jéhu, qu'avait choisi sa sagesse profonde,
Jéhu, sur qui je vois que votre espoir se fonde,
D'un oubli trop ingrat a payé ses bienfaits:

Jéhu laisse d'Achab l'affreuse fille en paix,
Suit des rois d'Israël les profanes exemples,
Du vil dieu de l'Egypte a conservé les temples ;
Jéhu sur les hauts lieux enfin osant offrir
Un téméraire encens que Dieu ne peut souffrir,
N'a, pour servir sa cause et venger ses injures,
Ni le cœur assez droit ni les mains assez pures.
Non, non, c'est à Dieu seul qu'il nous faut attacher.
Montrons Éliacin, et, loin de le cacher,
Que du bandeau royal sa tête soit ornée.
Je veux même avancer l'heure déterminée,
Avant que de Mathan le complot soit formé.

SCÈNE VIII. — ISMAEL, JOAD, AZARIAS, JOSABET, ZACHARIE, SALOMITH, TROIS CHEFS DE LÉVITES, LÉVITES, LE CHŒUR.

Joad. Hé bien, Azarias, le temple est-il fermé?
Azarias. J'en ai fait devant moi fermer toutes les portes.
Joad. Ne reste-t-il que vous et vos saintes cohortes?
Azarias. De ses parvis sacrés j'ai deux fois fait le tour.
Tout a fui. Tous se sont séparés sans retour,
Misérable troupeau qu'a dispersé la crainte,
Et Dieu n'est plus servi que dans la tribu sainte.
Depuis qu'à Pharaon ce peuple est échappé,
Une égale terreur ne l'avait point frappé.
Joad. Peuple lâche en effet, et né pour l'esclavage,
Hardi contre Dieu seul! Poursuivons notre ouvrage.
Mais qui retient encor ces enfants parmi nous?

UNE DES FILLES DU CHŒUR.
Eh! pourrions nous, Seigneur, nous sépa-
[rer de vous?
Dans le temple de Dieu sommes-nous étran-
gères?
Vous avez près de vous nos pères et nos
[frères.
UNE AUTRE.
Hélas! si pour venger l'opprobre d'Israël

Nos mains ne peuvent pas, comme autrefois
[Jahel,
Des ennemis de Dieu percer la tête impie,
Nous lui pouvons du moins immoler notre
[vie.
Quand vos bras combattront pour son tem-
[ple attaqué.
Par nos larmes du moins il peut être invo-
[qué

Joad. Voilà donc quels vengeurs s'arment pour ta querelle?
Des prêtres, des enfants, ô sagesse éternelle!
Mais, si tu les soutiens, qui peut les ébranler?
Du tombeau, quand tu veux, tu sais nous rappeler.
Tu frappes et guéris; tu perds et ressuscites.
Ils ne s'assurent point en leurs propres mérites,
Mais en ton nom sur eux invoqué tant de fois,
En tes serments jurés au plus saint de leurs rois,
En ce temple où tu fais ta demeure sacrée,
Et qui doit du soleil égaler la durée.
Mais d'où vient que mon cœur frémit d'un saint effroi?
Est-ce l'esprit divin qui s'empare de moi?
C'est lui-même. Il m'échauffe. Il parle. Mes yeux s'ouvrent.
Et les siècles obscurs devant moi se découvrent.
Lévites, de vos sons prêtez-moi les accords,
Et de ses mouvements secondez les transports.

SYMPHONIE.

LE CHŒUR chante, au son de toute la symphonie des instrumens.
Que du Seigneur la voix se fasse entendre,

Et qu'à nos cœurs son oracle divin
Soit ce qu'à l'herbe tendre
Est, au printemps, la fraîcheur du matin.

Joad. Cieux, écoutez ma voix; terre, prête l'oreille;
Ne dis plus, ô Jacob, que ton Seigneur sommeille. _
Pécheurs, disparaissez, le Seigneur se réveille.
(Ici recommence la symphonie, et Joad aussitôt reprend la parole.)
Comment en un plomb vil l'or pur s'est-il changé?
Quel est dans le lieu saint ce pontife égorgé?
Pleure, Jérusalem, pleure, cité perfide,
Des prophètes divins malheureuse homicide.
De son amour pour toi ton Dieu s'est dépouillé.
Ton encens à ses yeux est un encens souillé.
  Où menez-vous ces enfants et ces femmes?
Le Seigneur a détruit la reine des cités;
Ses prêtres sont captifs, ses rois sont rejetés.
Dieu ne veut plus qu'on vienne à ses solennités.
Temple, renverse-toi; cèdres, jetez des flammes.
  Jérusalem, objet de ma douleur,
Quelle main en un jour t'a ravi tous tes charmes?
Qui changera mes yeux en deux sources de larmes
        Pour pleurer ton malheur?
Azarias. O saint temple!
          Josabet. O David!

LE CHOEUR.
          Dieu de Sion rappelle,
Rappelle en sa faveur tes antiques bontés.

(La symphonie recommence encore, et Joad un moment après l'interrompt.)

  Joad. Quelle Jérusalem nouvelle
Sort du fond du désert, brillante de clartés,
Et porte sur le front une marque immortelle?
      Peuples de la terre, chantez.
Jérusalem renaît plus charmante et plus belle.
      D'où lui viennent de tous côtés
Ces enfants qu'en son sein elle n'a point portés?
Lève, Jérusalem, lève ta tête altière;
Regarde tous ces rois de ta gloire étonnés.
Les rois des nations devant toi prosternés,
      De tes pieds baisent la poussière.
Les peuples à l'envi marchent à ta lumière.
Heureux qui pour Sion d'une sainte ferveur
      Sentira son âme embrasée.
      Cieux, répandez votre rosée,
Et que la terre enfante son sauveur.

                    (Symphonie.)
  Josabet. Hélas! d'où nous viendra cette insigne faveur,
Si les rois de qui doit descendre ce sauveur...
  Joad. Préparez, Josabet, le riche diadème,
Que sur son front sacré David porta lui-même.

  (Aux Lévites.)
Et vous, pour vous armer, suivez-moi dans ces lieux
Où se garde caché, loin des profanes yeux,
Ce formidable amas de lances et d'épées
Qui du sang philistin jadis furent trempées,
Et que David vainqueur, d'ans et d'honneurs chargé,
Fit consacrer au Dieu qui l'avait protégé.
Peut-on les employer pour un plus noble usage?
Venez, je veux moi-même en faire le partage.

SCÈNE VIII. — SALOMITH, LE CHŒUR.

SALOMITH. [mortels!
Que de craintes, mes sœurs, que de troubles
Dieu tout-puissant, sont-ce là les prémices,
Les parfums et les sacrifices
Qu'on devait en ce jour offrir sur tes autels !

UNE FILLE DU CHŒUR.
Quel spectacle à nos yeux timides?
Qui l'eût cru qu'on dût voir jamais
Les glaives meurtriers, les lances homicides
Briller dans la maison de paix?

UNE AUTRE. [différence,
D'où vient que, pour son Dieu pleine d'in-
Jérusalem se tait en ce pressant danger?
D'ou vient, mes sœurs, que pour nous pro-
[téger,
Le brave Abner au moins ne rompt pas le
[silence?

SALOMITH. [lois
Hélas! dans une cour, où l'on n'a d'autres
Que la force et la violence,
Où les honneurs et les emplois [sance,
Sont le prix d'une aveugle et basse obéis-
Ma sœur, pour la triste innocence,
Qui voudrait élever sa voix?

UNE AUTRE.
Dans ce péril, dans ce désordre extrême,
Pour qui prépare-t-on le sacré diadème?

SALOMITH.
Le Seigneur a daigné parler ;
Mais ce qu'à son prophète il vient de révéler,
Qui pourra nous le faire entendre?
S'arme-t-il pour nous défendre?
S'arme-t-il pour nous accabler?

LE CHŒUR.
O promesse ! ô menace ! ô ténébreux mystère!
Que de maux, que de biens sont prédits tour
[à tour!

Comment peut-on, avec tant de colère,
Accorder tant d'amour?

UNE VOIX SEULE.
Sion ne sera plus. Une flamme cruelle
Détruira tous ses ornements.

UNE AUTRE VOIX.
Dieu protége Sion : elle a pour fondements
Sa parole éternelle.

LA PREMIÈRE.
Je vois tout son éclat disparaître à mes yeux.

LA SECONDE.
Je vois de toutes parts sa clarté répandue

LA PREMIÈRE.
Dans un gouffre profond Sion est descendue.

LA SECONDE.
Sion a son front dans les cieux.

LA PREMIÈRE.
Quel triste abaissement !

LA SECONDE.
Quelle immortelle gloire!

LA PREMIÈRE.
Que de cris de douleurs !

LA SECONDE.
Que de chants de victoire!

UNE TROISIÈME. [que jour
Cessons de nous troubler : notre Dieu quel-
Dévoilera ce grand mystère.

TOUTES TROIS.
Révérons sa colère,
Espérons en son amour.

UNE AUTRE.
D'un cœur qui t'aime,
Mon Dieu, qui peut troubler la paix!
Il cherche en tout ta volonté suprême,
Et ne se cherche jamais.
Sur la terre, dans le ciel même,
Est-il d'autre bonheur que la tranquille paix
D'un cœur qui t'aime?

ACTE IV

SCÈNE Irᵉ. — JOAS, JOSABET, ZACHARIE, AZARIAS, *portant l'épée;* ISMAEL, *portant la couronne;* SALOMITH, LE CHŒUR.

Salomith. D'un pas majestueux, à côté de ma mère,
Le jeune Éliacin s'avance avec mon frère.
Dans ces voiles, mes sœurs, que portent-ils tous deux?
Quel est ce glaive enfin qui marche devant eux? [table
Josabet, *à Zacharie.* Mon fils, avec respect, posez sur cette
De notre sainte loi le livre redoutable.
Et vous aussi, posez, aimable Éliacin,
Cet auguste bandeau près du livre divin.
Lévite, il faut placer, Joad ainsi l'ordonne,
Le glaive de David auprès de sa couronne.
Joas. Princesse, quel est donc ce spectacle nouveau?
Pourquoi ce livre saint, ce glaive, ce bandeau?
Depuis que le Seigneur m'a reçu dans son temple,

D'un semblable appareil je n'ai point vu d'exemple.
  Josabet. Tous vos doutes, mon fils, bientôt s'éclairciront.
  Joas. Vous voulez essayer ce bandeau sur mon front?
Ah! princesse, gardez d'en profaner la gloire.
Du roi qui l'a porté respectez la mémoire.
Un malheureux enfant aux ours abandonné...
        Josabet *lui essayant le diadême.*
Laissez, mon fils, je fais ce qui m'est ordonné.
  Joas. Mais j'entends les sanglots sortir de votre bouche!
Princesse, vous pleurez! Quelle pitié vous touche?
Est-ce qu'en holocauste aujourd'hui présenté
Je dois, comme autrefois la fille de Jephté,
Du Seigneur par ma mort apaiser la colère?
Hélas! un fils n'a rien qui ne soit à son père.

SCÈNE II. — LES MÊMES, JOAD, *dans le fond.*

  Josabet. Voici qui vous dira les volontés des cieux;
Ne craignez rien. Et nous, sortons tous de ces lieux.

SCÈNE III. — JOAD, JOAS.

    Joas, *courant dans les bras du grand prêtre.*
Mon père!
  Joad. Hé bien, mon fils?
                Joas. Qu'est-ce donc qu'on prépare?
  Joad. Il est juste, mon fils, que je vous le déclare.
Il faut que vous soyez instruit, même avant tous,
Des grands desseins de Dieu sur son peuple et sur vous.
Armez-vous d'un courage et d'une foi nouvelle :
Il est temps de montrer cette ardeur et ce zèle
Qu'au fond de votre cœur mes soins ont cultivés,
Et de payer à Dieu ce que vous lui devez.
Sentez-vous cette noble et généreuse envie?
  Joas. Je me sens prêt, s'il veut, de lui donner ma vie.
  Joad. On vous a lu souvent l'histoire de nos rois.
Vous souvient-il, mon fils, quelles étroites lois
Doit s'imposer un roi digne du diadème?
  Joas. Un roi sage, ainsi Dieu l'a prononcé lui-même,
Sur la richesse et l'or ne met point son appui,
Craint le Seigneur son Dieu, sans cesse a devant lui
Ses préceptes, ses lois, ses jugements sévères,
Et d'injustes fardeaux n'accable point ses frères.
  Joad. Mais sur l'un de ces rois s'il fallait vous régler,
A qui choisiriez-vous, mon fils, de ressembler?
  Joas. David, pour le Seigneur plein d'un amour fidèle,
Me paraît des grands rois le plus parfait modèle.
  Joad. Ainsi dans leurs excès vous n'imiteriez pas
L'infidèle Joram, l'impie Ochosias?
  Joas. O mon père!
             Joad. Achevez; dites, que vous en semble?
  Joas. Puisse périr comme eux quiconque leur ressemble!
Mon père, en quel état vous vois-je devant moi?
        Joad, *prosterné à ses pieds.*
Je vous rends le respect que je dois à mon roi.
De votre aïeul David, Joas, rendez-vous digne.
  Joas. Joas! Moi?
  Joad, *se relevant.* Vous saurez par quelle grâce insigne,

D'une mère en fureur Dieu trompant le dessein,
Quand déjà son poignard était dans votre sein,
Vous choisit, vous sauva du milieu du carnage.
Vous n'êtes pas encore échappé de sa rage.
Avec la même ardeur qu'elle voulut jadis
Perdre en vous le dernier des enfants de son fils,
A vous faire périr sa cruauté s'attache,
Et vous poursuit encor sous le nom qui vous cache.
Mais sous vos étendards j'ai déjà su ranger
Un peuple obéissant et prompt à vous venger.
Entrez, généreux chefs des familles sacrées,
Du ministère saint tour à tour honorées.

SCÈNE IV. — ISMAEL, JOAS, JOAD, AZARIAS *et* LES TROIS AUTRES
CHEFS DES LÉVITES.

   Joad, *continuant.* Roi, voilà vos vengeurs contre vos ennemis,
Prêtres, voilà le roi que je vous ai promis.
   Azarias. Quoi! c'est Éliacin?
               Ismael. Quoi! cet enfant aimable...
   Joad. Est des rois de Juda l'héritier véritable,
Dernier né des enfants du triste Ochosias,
Nourri, vous le savez, sous le nom de Joas.
De cette fleur si tendre et si tôt moissonnée,
Tout Juda, comme vous, plaignant la destinée,
Avec ses frères morts le crut enveloppé.
Du perfide couteau comme eux il fut frappé.
Mais Dieu du coup mortel sut détourner l'atteinte,
Conserva dans son cœur la chaleur presque éteinte,
Permit que, des bourreaux trompant l'œil vigilant,
Josabet dans son sein l'emportât tout sanglant,
Et, n'ayant de son vol que moi seul pour complice,
Dans le temple cachât l'enfant et la nourrice.
   Joas. Hélas! de tant d'amour et de tant de bienfaits,
Mon père, quel moyen de m'acquitter jamais?
   Joad. Gardez pour d'autres temps cette reconnaissance.
Voilà donc votre roi, votre unique espérance.
J'ai pris soin jusqu'ici de vous le conserver.
Ministres du Seigneur, c'est à vous d'achever.
Bientôt de Jézabel la fille meurtrière,
Instruite que Joas voit encor la lumière,
Dans l'horreur du tombeau viendra le replonger :
Déjà sans le connaître, elle veut l'égorger.
Prêtres saints, c'est à vous de prévenir sa rage.
Il faut finir des Juifs le honteux esclavage,
Venger vos princes morts, relever votre loi,
Et faire aux deux tribus reconnaître leur roi.
L'entreprise, sans doute, est grande et périlleuse.
J'attaque sur son trône une reine orgueilleuse,
Qui voit sous ses drapeaux marcher un camp nombreux
De hardis étrangers, d'infidèles Hébreux.
Mais ma force est au Dieu dont l'intérêt me guide.
Songez qu'en cet enfant tout Israël réside.
Déjà ce Dieu vengeur commence à la troubler.
Déjà, trompant ses soins, j'ai su vous rassembler.
Elle nous croit ici sans armes, sans défense :
Couronnons, proclamons Joas en diligence;

De là, du nouveau prince intrépides soldats,
Marchons en invoquant l'arbitre des combats,
Et, réveillant la foi dans les cœurs endormie,
Jusque dans son palais cherchons notre ennemie.
Et quels cœurs si plongés dans un lâche sommeil,
Nous voyant avancer dans ce saint appareil,
Ne s'empresseront pas à suivre notre exemple?
Un roi que Dieu lui-même a nourri dans son temple,
Le successeur d'Aron, de ses prêtres suivi,
Conduisant au combat les enfants de Lévi,
Et, dans ces mêmes mains des peuples révérées,
Les armes au Seigneur par David consacrées?
Dieu sur ses ennemis répandra sa terreur.
Dans l'infidèle sang baignez-vous sans horreur.
Frappez et Tyriens, et même Israélites.
Ne descendez-vous pas de ces fameux lévites,
Qui, lorsqu'au dieu du Nil le volage Israël
Rendit dans le désert un culte criminel,
De leurs plus chers parents saintement homicides,
Consacrèrent leurs mains dans le sang des perfides,
Et par ce noble exploit vous acquirent l'honneur
D'être seuls employés aux autels du Seigneur?
Mais je vois que déjà vous brûlez de me suivre :
Jurez donc avant tout, sur cet auguste livre,
A ce roi que le ciel vous redonne aujourd'hui,
De vivre, de combattre et de mourir pour lui.
     Azarias. Oui, nous jurons ici pour nous, pour tous nos frères,
De rétablir Joas au trône de ses pères,
De ne poser le fer entre nos mains remis
Qu'après l'avoir vengé de tous ses ennemis.
Si quelque transgresseur enfreint cette promesse,
Qu'il éprouve, grand Dieu! ta fureur vengeresse;
Qu'avec lui ses enfants, de ton partage exclus,
Soient au rang de ces morts que tu ne connais plus.
     Joad. Et vous, à cette loi, votre règle éternelle,
Roi, ne jurez-vous pas d'être toujours fidèle?
     Joas. Pourrais-je à cette loi ne me pas conformer?
     Joad. O mon fils! de ce nom j'ose encor vous nommer,
Souffrez cette tendresse, et pardonnez aux larmes
Que m'arrachent pour vous de trop justes alarmes.
Loin du trône nourri, de ce fatal honneur,
Hélas! vous ignorez le charme empoisonneur.
De l'absolu pouvoir vous ignorez l'ivresse,
Et des lâches flatteurs la voix enchanteresse.
Bientôt ils vous diront que les plus saintes lois,
Maîtresses du vil peuple, obéissent aux rois;
Qu'un roi n'a d'autre frein que sa volonté même;
Qu'il doit immoler tout à sa grandeur suprême;
Qu'aux larmes, au travail le peuple est condamné,
Et d'un sceptre de fer veut être gouverné;
Que s'il n'est opprimé, tôt ou tard il opprime.
Ainsi de piège en piége, et d'abîme en abîme,
Corrompant de vos mœurs l'aimable pureté,
Ils vous feront enfin haïr la vérité,
Vous peindront la vertu sous une affreuse image.
Hélas! ils ont des rois égaré le plus sage!

(Ismaël, qui a pris le livre saint sur la table, le va porter à genoux devant Joas, pour qu'il fasse serment.)

Promettez sur ce livre, et devant ces témoins,
Que Dieu sera toujours le premier de vos soins,
Que, sévère aux méchants et des bons le refuge,
Entre le pauvre et vous vous prendrez Dieu pour juge;
Vous souvenant, mon fils, que, caché sous ce lin,
Comme eux vous fûtes pauvre, et comme eux orphelin.
   Joas. Je promets d'observer ce que la loi m'ordonne.
Mon Dieu, punissez-moi, si je vous abandonne!
   Joad. Venez; de l'huile sainte il faut vous consacrer.
Paraissez, Josabet, vous pouvez vous montrer.

SCÈNE V. — ISMAEL, JOAD, JOAS, JOSABET, ZACHARIE, SALOMITH, AZARIAS, LES TROIS CHEFS DE LÉVITES, LÉVITES, LE CHŒUR.

   Josabet, *embrassant Joas.* O roi, fils de David!
                              Joas. O mon unique mère!
Venez, cher Zacharie, embrasser votre frère.   [fils.
   Josabet, *à Zacharie.* Aux pieds de votre roi prosternez-vous, mon
           Joad, *pendant qu'ils s'embrassent.*
Enfants, ainsi toujours puissiez-vous être unis!
   Josabet, *à Joas.* Vous savez donc quel sang vous a donné la vie?
   Joas. Et je sais quelle main sans vous me l'eût ravie.
   Josabet. De votre nom, Joas, je puis donc vous nommer.
   Joas. Joas ne cessera jamais de vous aimer.
   Salomith, *ou le Chœur.* Quoi! c'est là...
                         Josabet. C'est Joas.

SCÈNE VI. — ISMAEL, LE LÉVITE, JOAD, JOSABET, JOAS, ZACHARIE, SALOMITH, AZARIAS, LES TROIS CHEFS DE LÉVITES, LÉVITES, LE CHŒUR.

                        Joad. Écoutons ce Lévite.
Un Lévite. J'ignore contre Dieu quel projet on médite;
Mais l'airain menaçant frémit de toutes parts.
On voit luire des feux parmi les étendards;
Et sans doute Athalie assemble son armée.
Déjà même au secours toute voie est fermée.
Déjà le sacré Mont, où le temple est bâti,
D'insolents Tyriens est partout investi.
L'un d'eux, en blasphémant, vient de nous faire entendre,
Qu'Abner est dans les fers, et ne peut nous défendre.
   Josabet, *à Joas.* Cher enfant, que le ciel en vain m'avait rendu,
Hélas! pour vous sauver j'ai fait ce que j'ai pu.
Dieu ne se souvient plus de David votre père.
   Joad, *à Josabet.* Quoi! vous ne craignez pas d'attirer sa colère
Sur vous, et sur ce roi si cher à votre amour?
Et quand Dieu, de vos bras l'arrachant sans retour,
Voudrait que de David la maison fût éteinte,
N'êtes-vous pas ici sur la montagne sainte,
Où le père des Juifs sur son fils innocent
Leva sans murmurer un bras obéissant,
Et mit sur un bûcher ce fruit de sa vieillesse,
Laissant à Dieu le soin d'accomplir sa promesse,
Et lui sacrifiant avec ce fils aimé
Tout l'espoir de sa race en lui seul renfermé?
Amis, partageons-nous. Qu'Ismaël en sa garde

Prenne tout le côté que l'Orient regarde.
Vous, le côté de l'Ourse, et vous de l'Occident.
Vous, le Midi. Qu'aucun, par un zèle imprudent,
Découvrant mes desseins, soit prêtre, soit lévite,
Ne sorte avant le temps, et ne se précipite.
Et que chacun enfin, d'un même esprit poussé,
Garde en mourant le poste où je l'aurai placé.
L'ennemi nous regarde, en son aveugle rage,
Comme de vils troupeaux réservés au carnage,
Et croit ne rencontrer que désordre et qu'effroi.
Qu'Azarias partout accompagne le roi.
    (A Joas.)
Venez, cher rejeton d'une vaillante race,
Remplir vos défenseurs d'une nouvelle audace.
Venez du diadème à leurs yeux vous couvrir,
Et périssez du moins en roi, s'il faut périr.
Suivez-le, Josabet. *(A un Lévite.)* Vous, donnez-moi ces armes.
Enfants, offrez à Dieu vos innocentes larmes.

SCÈNE VII. — SALOMITH, LE CHŒUR.

LE CHŒUR.
Partez, enfans d'Aron, partez.
Jamais plus illustre querelle
De vos aïeux n'arma le zèle.
Partez, enfans d'Aron, partez.
C'est votre Roi, c'est Dieu, pour qui vous
                            [combattez.

UNE VOIX SEULE.
Où sont les traits que tu lances,
Grand Dieu, dans ton juste courroux?
N'es-tu plus le Dieu jaloux?
N'es-tu plus le Dieu des vengeances?

UNE AUTRE.
Où sont, Dieu de Jacob, tes antiques bontés?
Dans l'horreur qui nous environne,
N'entends-tu que la voix de nos iniquités?
N'es-tu plus le Dieu qui pardonne?

LE CHŒUR.
Où sont, Dieu de Jacob, tes antiques bontés?

UNE VOIX SEULE.
C'est à toi que, dans cette guerre,   [ser.
Les flèches des méchants prétendent s'adres-
Faisons, disent-ils, cesser
Les fêtes de Dieu sur la terre.
De son joug importun délivrons les mortels,
Massacrons tous ses saints. Renversons ses
                            [autels.
Que de son nom, que de sa gloire,
Il ne reste plus de mémoire.   [sur nous.
Que ni lui ni son Christ ne règnent plus

LE CHŒUR.
Où sont les traits que tu lances,
Grand Dieu, dans ton juste courroux?
N'es-tu plus le Dieu jaloux?
N'es-tu plus le Dieu des vengeances?

UNE VOIX SEULE.
Triste reste de nos rois,
Chère et dernière fleur d'une tige si belle,
Hélas! sous le couteau d'une mère cruelle
Te verrons-nous tomber une seconde fois?
Prince aimable, dis-nous si quelque ange,
                            [au berceau,
Contre tes assassins prit soin de te défendre,
    Ou si dans la nuit du tombeau
La voix du Dieu vivant a ranimé ta cendre?

UNE AUTRE.
D'un père et d'un aïeul contre toi révoltés,
Grand Dieu, les attentats lui sont-ils imputés?
Est-ce que sans retour ta pitié l'abandonne?

LE CHŒUR.
Où sont, Dieu de Jacob, tes antiques bontés?
N'es-tu plus le Dieu qui pardonne?

UNE DES FILLES DU CHŒUR, sans chanter.
Chères sœurs, n'entendez-vous pas
Des cruels Tyriens la trompette qui sonne?

SALOMITH.
J'entends même les cris des barbares soldats,
Et d'horreur j'en frissonne.
Courons, fuyons, retirons-nous
A l'ombre salutaire
Du redoutable sanctuaire.

ACTE V

SCÈNE Ire. — ZACHARIE, SALOMITH, LE CHŒUR.

Salomith. Cher Zacharie, hé bien? que nous apprenez-vous?
Zacharie. Redoublez au Seigneur votre ardente prière.

Peut-être nous touchons à notre heure dernière.
Pour l'horrible combat, ma sœur, l'ordre est donné.
  Salomith. Que fait Joas?
                Zacharie. Joas vient d'être couronné.
Le grand prêtre a sur lui répandu l'huile sainte.
O ciel! dans tous les yeux quelle joie était peinte
A l'aspect de ce roi racheté du tombeau!
Ma sœur, on voit encor la marque du couteau.
On voit paraître aussi sa fidèle nourrice,
Qui, cachée en un coin de ce vaste édifice,
Gardait ce cher dépôt, et n'avait de ses soins
Que les yeux de ma mère et que Dieu pour témoins.
Nos lévites pleuraient de joie et de tendresse,
Et mêlaient leurs sanglots à leurs cris d'allégresse.
Lui, parmi ses transports, affable et sans orgueil,
A l'un tendait la main, flattait l'autre de l'œil,
Jurait de se régler par leurs avis sincères,
Et les appelait tous ses pères ou ses frères.
  Salomith. Ce secret au dehors est-il aussi semé?
  Zacharie. Ce secret dans le temple est encor renfermé.
Des enfants de Lévi la troupe partagée
Dans un profond silence aux portes s'est rangée.
Tous doivent à la fois précipiter leurs pas,
Et crier, pour signal : Vive le roi Joas!
Mais mon père défend que le roi se hasarde,
Et veut qu'Azarias demeure pour sa garde.
Cependant Athalie, un poignard à la main,
Rit des faibles remparts de nos portes d'airain.
Pour les rompre, elle attend les fatales machines,
Et ne respire enfin que sang et que ruines.
Quelques prêtres, ma sœur, ont d'abord proposé
Qu'en un lieu souterrain, par nos pères creusé,
On renfermât du moins notre arche précieuse.
« O crainte, a dit mon père, indigne, injurieuse!
» L'arche qui fit tomber tant de superbes tours,
» Et força le Jourdain de rebrousser son cours,
» Des dieux des nations tant de fois triomphante,
» Fuirait donc à l'aspect d'une femme insolente? »
Ma mère auprès du roi, dans un trouble mortel,
L'œil tantôt sur ce prince, et tantôt vers l'autel,
Muette, et succombant sous le poids des alarmes,
Aux yeux les plus cruels arracherait des larmes.
Le roi de temps en temps la presse entre ses bras,
La flatte... Chères sœurs, suivez toutes mes pas.
Et, s'il faut aujourd'hui que notre roi périsse,
Allons, qu'un même sort avec lui nous unisse.
  Salomith. Quelle insolente main frappe à coups redoublés?
Qui fait courir ainsi ces lévites troublés?
Quelle précaution leur fait cacher leurs armes?
Le temple est-il forcé?
             Zacharie. Dissipez vos alarmes :
Dieu nous envoie Abner.

SCÈNE II. — ISMAEL, JOAD, JOSABET, ZACHARIE, ABNER, SALO-
      MITH, UN LÉVITE, LE CHŒUR.

      Joad. En croirai-je mes yeux,

Cher Abner? Quel chemin a pu jusqu'en ces lieux
Vous conduire au travers d'un camp qui nous assiége?
On disait que d'Achab la fille sacrilége
Avait, pour assurer ses projets inhumains,
Chargé d'indignes fers vos généreuses mains.
   Abner. Oui, Seigneur, elle a craint mon zèle et mon courage,
Mais c'est le moindre prix que me gardait sa rage.
Dans l'horreur d'un cachot par son ordre enfermé,
J'attendais que, le temple en cendre consumé,
De tant de flots de sang non encore assouvie,
Elle vînt m'affranchir d'une importune vie,
Et retrancher des jours qu'aurait dû mille fois
Terminer la douleur de survivre à mes rois.
   Joad. Par quel miracle a-t-on obtenu votre grâce?
   Abner. Dieu dans ce cœur cruel sait seul ce qui se passe.
Elle m'a fait venir, et d'un air égaré :
« Tu vois de mes soldats tout ce temple entouré,
» Dit-elle : un feu vengeur va le réduire en cendre;
» Et ton Dieu contre moi ne le saurait défendre.
» Ses prêtres toutefois, mais il faut se hâter,
» A deux conditions peuvent se racheter :
» Qu'avec Eliacin on mette en ma puissance
» Un trésor dont je sais qu'ils ont la connaissance,
» Par votre roi David autrefois amassé,
» Sous le sceau du secret au grand prêtre laissé.
» Va, dis-leur qu'à ce prix je leur permets de vivre. »
   Joad. Quel conseil, cher Abner, croyez-vous qu'on doit suivre?
   Abner. Et tout l'or de David, s'il est vrai qu'en effet
Vous gardiez de David quelque trésor secret,
Et tout ce que des mains de cette reine avare
Vous avez pu sauver et de riche et de rare,
Donnez-le. Voulez-vous que d'impurs assassins
Viennent briser l'autel, brûler les chérubins,
Et portant sur notre arche une main téméraire,
De votre propre sang souiller le sanctuaire?
   Joad. Mais siérait-il, Abner, à des cœurs généreux
De livrer au supplice un enfant malheureux,
Un enfant, que Dieu même à ma garde confie,
Et de nous racheter aux dépens de sa vie?
   Abner. Hélas! Dieu voit mon cœur. Plût à ce Dieu puissant
Qu'Athalie oubliât un enfant innocent,
Et que du sang d'Abner sa cruauté contente
Crût calmer par ma mort le ciel qui la tourmente!
Mais que peuvent pour lui vos inutiles soins?
Quand vous périrez tous, en périra-t-il moins?
Dieu vous ordonne-t-il de tenter l'impossible?
Pour obéir aux lois d'un tyran inflexible,
Moïse, par sa mère au Nil abandonné,
Se vit, presque en naissant, à périr condamné.
Mais Dieu, le conservant contre toute espérance,
Fit par le tyran même élever son enfance.
Qui sait ce qu'il réserve à votre Éliacin;
Et si, lui préparant un semblable destin,
Il n'a point de pitié déjà rendu capable
De nos malheureux rois l'homicide implacable?
Du moins, et Josabet, comme moi, l'a pu voir,
Tantôt à son aspect je l'ai vu s'émouvoir.

J'ai vu de son courroux tomber la violence.
Princesse, en ce péril, vous gardez le silence?
Hé quoi? pour un enfant qui vous est étranger,
Souffrez-vous que sans fruit Joad laisse égorger
Vous, son fils, tout ce peuple, et que le feu dévore
Le seul lieu sur la terre où Dieu veut qu'on l'adore?
Que feriez-vous de plus, si des rois vos aïeux
Ce jeune enfant était un reste précieux?
Josabet, tout bas à Joad.
Pour le sang de ses rois vous voyez sa tendresse.
Que ne lui parlez-vous?
Joad. Il n'est pas temps, princesse.
Abner. Le temps est cher, Seigneur, plus que vous ne pensez.
Tandis qu'à me répondre ici vous balancez,
Mathan, près d'Athalie, étincelant de rage,
Demande le signal et presse le carnage.
Faut-il que je me jette à vos sacrés genoux?
Au nom du lieu si saint, qui n'est ouvert qu'à vous,
Lieu terrible, où de Dieu la majesté repose,
Quelque dure que soit la loi qu'on vous impose,
De ce coup imprévu songeons à nous parer.
Donnez-moi seulement le temps de respirer.
Demain, dès cette nuit, je prendrai des mesures
Pour assurer le temple et venger ses injures.
Mais je vois que mes pleurs et que mes vains discours
Pour vous persuader sont un faible secours.
Votre austère vertu n'en peut être frappée.
Eh bien! trouvez-moi donc quelque arme, quelque épée,
Et qu'aux portes du temple, où l'ennemi m'attend,
Abner puisse du moins mourir en combattant.
Joad. Je me rends. Vous m'ouvrez un avis que j'embrasse.
De tant de maux, Abner, détournons la menace.
Il est vrai, de David un trésor est resté;
La garde en fut commise à ma fidélité :
C'était des tristes Juifs l'espérance dernière,
Que mes soins vigilans cachaient à la lumière.
Mais, puisqu'à votre reine il faut le découvrir,
Je vais la contenter; nos portes vont s'ouvrir.
De ses plus braves chefs qu'elle entre accompagnée.
Mais de nos saints autels qu'elle tienne éloignée
D'un ramas d'étrangers l'indiscrète fureur.
Du pillage du temple épargnez-moi l'horreur.
Des prêtres, des enfants lui feraient-ils quelque ombre?
De sa suite avec vous qu'elle règle le nombre.
Et quant à cet enfant si craint, si redouté,
De votre cœur, Abner, je connais l'équité.
Je vous veux devant elle expliquer sa naissance.
Vous verrez s'il le faut remettre en sa puissance;
Et je vous ferai juge entre Athalie et lui.
Abner. Ah! je le prends déjà, seigneur, sous mon appui.
Ne craignez rien. Je cours vers celle qui m'envoie.

SCÈNE III. — ISMAEL, JOAD, JOSABET, ZACHARIE, SALOMITH
UN LÉVITE, LE CHŒUR.

Joad. Grand Dieu! voici ton heure, on t'amène ta proie!
Ismaël, écoutez.
(Il lui parle à l'oreille.)

Josabet. Puissant maître des cieux,
Remets-lui le bandeau dont tu couvris ses yeux,
Lorsque, lui dérobant tout le fruit de son crime,
Tu cachas dans mon sein cette tendre victime!
Joad. Allez, sage Ismaël, ne perdez point de temps.
Suivez de point en point ces ordres importants.
Surtout, qu'à son entrée, et que sur son passage,
Tout d'un calme profond lui présente l'image.
(Ismaël sort.)

SCÈNE IV. — LES MÊMES, *excepté* ISMAEL.

Joad. Vous, enfants, préparez un trône pour Joas.
Qu'il s'avance suivi de nos sacrés soldats.
(Le chœur sort avec Salomith et Zacharie.)

SCÈNE V. — JOAD, JOSABET, UN LÉVITE.

Joad. Faites venir aussi sa fidèle nourrice,
Princesse, et de vos pleurs que la source tarisse.
(Josabet sort.)

SCÈNE VI. — UN LÉVITE, JOAD.

Joad, *au Lévite.* Vous, dès que cette reine, ivre d'un fol orgueil,
De la porte du temple aura passé le seuil,
Qu'elle ne pourra plus retourner en arrière,
Prenez soin qu'à l'instant la trompette guerrière
Dans le camp ennemi jette un subit effroi.
Appelez tout le peuple au secours de son roi,
Et faites retentir jusques à son oreille
De Joas conservé l'étonnante merveille.
Il vient.
(Le Lévite sort.)

SCÈNE VII. — JOAD, JOAS, JOSABET, ZACHARIE, SALOMITH AZARIAS, TROUPES DE PRÊTRES ET DE LÉVITES.

Joad. Lévites saints, prêtres de notre Dieu,
Partout, sans vous montrer, environnez ce lieu;
Et, laissant à mes soins gouverner votre zèle,
Pour paraître, attendez que ma voix vous appelle.
(Les Prêtres et les Lévites se cachent.)

SCÈNE VIII. — JOAD, JOAS, JOSABET.

Joad. Roi, je crois qu'à vos vœux cet espoir est permis,
Venez voir à vos pieds tomber vos ennemis.
Celle dont la fureur poursuivit votre enfance
Vers ces lieux à grands pas pour vous perdre s'avance.
Mais ne la craignez point. Songez qu'autour de vous,
L'ange exterminateur est debout avec nous.
Montez sur votre trône, et... Mais la porte s'ouvre,
Permettez un moment que ce voile vous couvre.
(On couvre le trône par un rideau.)

SCÈNE IX. — JOAD, JOSABET.

Joad. Vous changez de couleur, princesse?
                                        Josabet. Ah! sans pâlir
Puis-je voir d'assassins le temple se remplir?

Quoi! ne voyez-vous pas quelle nombreuse escorte...
Joad. Je vois que du saint temple on referme la porte.
Tout est en sûreté.

SCÈNE X. — ATHALIE *et* SA SUITE, ABNER, JOAD, JOSABET. JOAS *est
caché derrière le rideau, ainsi que ceux qui l'accompagnent.*

Athalie, *à Joad.* Te voilà, séducteur,
De ligues, de complots pernicieux auteur,
Qui dans le trouble seul as mis tes espérances;
Eternel ennemi des suprêmes puissances!
En l'appui de ton Dieu tu t'étais reposé.
De ton espoir frivole es-tu désabusé?
Il laisse en mon pouvoir et son temple et ta vie
Je devrais sur l'autel où ta main sacrifie,
Te... Mais du prix qu'on m'offre il faut me contenter,
Ce que tu m'as promis songe à l'exécuter.
Cet enfant, ce trésor qu'il faut qu'on me remette,
Où sont-ils?
Joad. Sur-le-champ tu seras satisfaite.
Je te les vais montrer l'un et l'autre à la fois.
Paraissez, cher enfant, digne sang de nos rois.

*(On ouvre le rideau. On voit Joas assis sur son trône; sa nourrice est à sa
droite ainsi qu'Azarias; Zacharie et Salomith à sa gauche. Le Chœur et
les Lévites entourent le trône.)*

Connais-tu l'héritier du plus saint des monarques,
Reine? de ton poignard connais du moins ces marques.
Voilà ton roi, ton fils, le fils d'Ochosias.
Peuples, et vous, Abner, reconnaissez Joas.
Abner. Ciel!
Athalie, *à Joad.* Perfide!
Joad. Vois-tu cette Juive fidèle,
Dont tu sais bien qu'alors il suçait la mamelle?
Il fut par Josabet à ta rage enlevé.
Ce temple le reçut, et Dieu l'a conservé.
Des trésors de David voilà ce qui me reste.
Athalie. Ta fourbe, à cet enfant, traître, sera funeste.
D'un fantôme odieux, soldats, délivrez-moi.
Joad. Soldats du Dieu vivant, défendez votre roi.

*(Les Lévites armés entrent de tous côtés sur la scène. Les soldats d'Athalie,
sur son ordre, se sont avancés vers le trône; mais, à la voix de Joad, les
Lévites les entourent de toutes parts, les combattent et les mettent en fuite.)*

SCÈNE XI. — ATHALIE, ABNER, LA NOURRICE DE JOAS, JOAS *sur
son trône,* JOAD, JOSABET, LE CHŒUR *entourant le trône.*

Athalie. Où suis-je? ô trahison! ô reine infortunée!
D'armes et d'ennemis je suis environnée.
Joad. Tes yeux cherchent en vain, tu ne peux échapper,
Et Dieu de toutes parts a su t'envelopper.
Ce Dieu que tu bravais en nos mains t'a livrée:
Rends-lui compte du sang dont tu t'es enivrée.
Athalie. Quoi! la peur a glacé mes indignes soldats!
Lâche Abner, dans quel piége as-tu conduit mes pas?
Abner. Reine, Dieu m'est témoin...
Athalie. Laisse-là ton Dieu, traître,

Et venge-moi.
      Abner, *se jetant aux pieds de Joas.*
        Sur qui? sur Joas, sur mon maître!
    Athalie. Lui Joas? lui ton roi! Songez, méchants, songez
Que mes armes encor vous tiennent assiégés.
J'entends à haute voix tout mon camp qui m'appelle.
On vient à mon secours. Tremblez, troupe rebelle.

SCÈNE XII. — ATHALIE, ISMAEL, JOAD, JOSABET, LA NOURRICE DE
JOAS, ABNER *près du trône;* JOAS, ZACHARIE, SALOMITH, LE CHŒUR,
entourant le trône; LÉVITES, *tous dans le fond de la scène.*

    Ismaël, *à Joad.* Seigneur, le temple est libre, et n'a plus d'en-
L'étranger est en fuite, et le Juif est soumis.   [nemis.
Comme le vent dans l'air dissipe la fumée,
La voix du Tout-Puissant a chassé cette armée.
Nos Lévites, du haut de nos sacrés parvis,
D'Ochosias au peuple ont annoncé le fils,
Ont conté son enfance au glaive dérobée,
Et la fille d'Achab dans le piége tombée.
Partout en même temps la trompette a sonné;
Et ses sons, et leurs cris dans son camp étonné
Ont répandu le trouble et la terreur subite,
Dont Gédéon frappa le fier Madianite.
Les Tyriens, jetant armes et boucliers,
Ont par divers chemins disparu les premiers.
Quelques Juifs éperdus ont aussi pris la fuite.
Mais, de Dieu sur Joas admirant la conduite,
Le reste à haute voix s'est pour lui déclaré.
Enfin d'un même esprit tout le peuple inspiré,
Femmes, vieillards, enfants, s'embrassent avec joie,
Bénissent le Seigneur, et celui qu'il envoie.
Tous chantent de David le fils ressuscité.
Baal est en horreur dans la sainte cité.
De son temple profane on a brisé les portes.
Mathan est égorgé.
      Athalie. Dieu des Juifs tu l'emportes!
Oui, c'est Joas; je cherche en vain à me tromper.
Je reconnais l'endroit où je le fis frapper.
Je vois d'Ochosias et le port et le geste.
Tout me retrace enfin un sang que je déteste.
David, David triomphe. Achab seul est détruit;
Impitoyable Dieu, toi seul as tout conduit!
C'est toi qui, me flattant d'une vengeance aisée,
M'as vingt fois en un jour à moi-même opposée!
Tantôt pour un enfant excitant mes remords,
Tantôt m'éblouissant de tes riches trésors
Que j'ai craint de livrer aux flammes, au pillage.
Qu'il règne donc ce fils, ton soin et ton ouvrage;
Et que, pour signaler son empire nouveau,
On lui fasse en mon sein enfoncer le couteau.
Voici ce qu'en mourant lui souhaite sa mère.
Que dis-je souhaiter? je me flatte, j'espère,
Qu'indocile à ton joug, fatigué de ta loi,
Fidèle au sang d'Achab, qu'il a reçu de moi,
Conforme à son aïeul, à son père semblable,
On verra de David l'héritier détestable

Abolir tes honneurs, profaner ton autel.
Et venger Athalie, Achab et Jézabel.

(Elle sort.)

SCÈNE XIII. — LES MÊMES, *excepté* ATHALIE.

Joad. Qu'à l'instant hors du temple elle soit emmenée
Et que la sainteté n'en soit point profanée.
Allez, sacrés vengeurs de vos princes meurtris,
De leur sang par sa mort faire cesser les cris.
Si quelque audacieux embrasse sa querelle,
Qu'à la fureur du glaive on le livre avec elle.

(Des Lévites sortent.)

SCÈNE XIV. — ABNER, ZACHARIE, JOAS, JOAD, JOSABET, SALOMITH,
PRÊTRES, LÉVITES, LE CHŒUR *(Joas descend de son trône).*

Joas. Dieu, qui voyez mon trouble et mon affliction,
Détournez loin de moi sa malédiction,
Et ne souffrez jamais qu'elle soit accomplie.
Faites que Joas meure avant qu'il vous oublie.
Joad, *aux Lévites.* Appelez tout le peuple, et montrons-lui son [roi;
Qu'il lui vienne en ses mains renouveler sa foi.
Roi, prêtres, peuple, allons, pleins de reconnaissance,
De Jacob avec Dieu confirmer l'alliance,
Et saintement confus de nos égarements,
Nous rengager à lui par de nouveaux serments.
Abner, auprès du roi reprenez votre place.

SCÈNE XV. — ABNER, ZACHARIE, JOAS, UN LÉVITE, JOAD, JOSABET,
SALOMITH, PRÊTRES, LÉVITES, LE CHŒUR.

Joad. Hé bien! de cette impie a-t-on puni l'audace?
Un Lévite. Le fer a de sa vie expié les horreurs.
Jérusalem, longtemps en proie à ses fureurs,
De son joug odieux à la fin soulagée,
Avec joie en son sang la regarde plongée.
Joad. Par cette fin terrible, et due à ses forfaits
Apprenez, roi des Juifs, et n'oubliez jamais,
Que les rois dans le ciel ont un juge sévère,
L'innocence un vengeur, et l'orphelin un père.

FIN D'ATHALIE

ESTHER

TRAGÉDIE

ACTE Ier

(Le théâtre représente l'appartement d'Esther.)

SCÈNE Ire. — ESTHER, ÉLISE.

Esther. Est-ce toi, chère Élise! ô jour trois fois heureux!
Que béni soit le ciel qui te rend à mes vœux;
Toi, qui de Benjamin comme moi descendue,
Fus de mes premiers ans la compagne assidue;
Et qui d'un même joug souffrant l'oppression,
M'aidait à soupirer les malheurs de Sion.
Combien ce temps encore est cher à ma mémoire!
Mais toi, de ton Esther ignorais-tu la gloire?
Depuis plus de six mois que je te fais chercher,
Quel climat, quel désert a donc pu te cacher?
Élise. Au bruit de votre mort justement éplorée,
Du reste des humains je vivais séparée,
Et de mes tristes jours n'attendais que la fin;
Quand tout à coup, Madame, un prophète divin:
C'est pleurer trop longtemps une mort qui t'abuse,
Lève-toi, m'a-t-il dit; prends ton chemin vers Suse.
Là tu verras d'Esther la pompe et les honneurs,
Et sur le trône assis le sujet de tes pleurs.
Rassure, ajouta-t-il, les tribus alarmées,
Sion, le jour approche, où le dieu des armées
Va de son bras puissant faire éclater l'appui;
Et le cri de son peuple est monté jusqu'à lui.
Il dit. Et moi de joie et d'horreur pénétrée,
Je cours. De ce palais j'ai su trouver l'entrée.
O spectacle! O triomphe admirable à mes yeux,
Digne en effet du bras qui sauva nos aïeux!
Le fier Assuérus couronne sa captive,
Et le Persan superbe est au pied d'une Juive.
Par quels secrets ressorts, par quel enchaînement,
Le ciel a-t-il conduit ce grand événement?
Esther. Peut-être on t'a conté la fameuse disgrâce
De l'altière Vasthi, dont j'occupe la place,
Lorsque le roi contre elle enflammé de dépit
La chassa de son trône, ainsi que de son lit.
Mais il ne put sitôt en bannir la pensée.
Vasthi régna longtemps dans son âme offensée.
Dans ses nombreux États il fallut donc chercher
Quelque nouvel objet qui l'en pût détacher.
De l'Inde à l'Hellespont ses esclaves coururent.
Les filles de l'Égypte à Suse comparurent.

Celles même du Parthe, et du Scythe indompté
.Y briguèrent le sceptre offert à la beauté.
On m'élevait alors solitaire et cachée,
Sous les yeux vigilants du sage Mardochée.
Tu sais combien je dois à ses heureux secours.
La mort m'avait ravi les auteurs de mes jours.
Mais lui, voyant en moi la fille de son frère,
Me tint lieu, chère Élise, et de père et de mère.
Du triste état des Juifs jour et nuit agité,
Il me tira du sein de mon obscurité,
Et sur mes faibles mains fondant leur délivrance,
Il me fit d'un empire accepter l'espérance.
A ses desseins secrets tremblante j'obéis.
Je vins. Mais je cachai ma race et mon pays.
Qui pourrait cependant t'exprimer les cabales,
Que formait en ces lieux ce peuple de rivales,
Qui toutes, disputant un si grand intérêt,
Des yeux d'Assuérus attendaient leur arrêt;
Chacune avait sa brigue et de puissants suffrages.
L'une d'un sang fameux vantait les avantages.
L'autre, pour se parer de superbes atours,
Des plus adroites mains empruntait le secours.
Et moi, pour toute brigue et pour tout artifice,
De mes larmes au ciel j'offrais le sacrifice.
Enfin on m'annonça l'ordre d'Assuérus.
Devant ce fier monarque, Elise, je parus:
Dieu tient le cœur des rois entre ses mains puissantes.
Il fait que tout prospère aux âmes innocentes,
Tandis qu'en ses projets l'orgueilleux est trompé.
De mes faibles attraits le roi parut frappé.
Il m'observa longtemps dans un sombre silence.
Et le ciel, qui pour moi fit pencher la balance,
Dans ce temps-là sans doute agissait sur son cœur.
Enfin avec des yeux où régnait la douceur,
Soyez reine, dit-il; et dès ce moment même
De sa main sur mon front posa son diadème.
Pour mieux faire éclater sa joie et son amour,
Il combla de présents tous les grands de sa cour;
Et même ses bienfaits dans toutes ses provinces
Invitèrent le peuple aux noces de leurs princes.
Hélas! durant ces jours de joie et de festins,
Quels étaient en secret ma honte et mes chagrins!
Esther, disais-je, Esther dans la pourpre est assise,
La moitié de la terre à son sceptre est soumise,
Et de Jérusalem l'herbe cache les murs!
Sion, repaire affreux de reptiles impurs,
Voit de son temple saint les pierres dispersées,
Et du Dieu d'Israël les fêtes sont cessées!
     Elise. N'avez-vous point au roi confié vos ennuis?
     Esther. Le roi, jusqu'à ce jour, ignore qui je suis.
Celui par qui le ciel règle ma destinée,
Sur ce secret encor tient ma langue enchaînée.
     Elise. Mardochée? Hé peut-il approcher de ces lieux?
     Esther. Son amitié pour moi le rend ingénieux
Absent je le consulte. Et ses réponses sages,
Pour venir jusqu'à moi trouvent mille passages.
Un père a moins de soin du salut de son fils.

Déjà même, déjà par ses secrets avis
J'ai découvert au roi les sanglantes pratiques
Que formaient contre lui deux ingrats domestiques.
Cependant mon amour pour notre nation
A rempli ce palais de filles de Sion,
Jeunes et tendres fleurs, par le sort agitées,
Sous un ciel étranger comme moi transplantées.
Dans un lieu séparé de profanes témoins,
Je mets à les former mon étude et mes soins.
Et c'est là que, fuyant l'orgueil du diadème,
Lasse de vains honneurs, et me cherchant moi-même,
Aux pieds de l'Éternel je viens m'humilier,
Et goûter le plaisir de me faire oublier.
Mais à tous les Persans je cache leurs familles.
Il faut les appeler. Venez, venez, mes filles,
Compagnes autrefois de ma captivité,
De l'antique Jacob jeune postérité.

SCÈNE II. — ESTHER, ÉLISE, LE CHŒUR.

UNE DES ISRAÉLITES , chantant
derrière le Théâtre.
Ma sœur, quelle voix nous appelle?
UNE AUTRE.
J'en reconnais les agréables sons.
C'est la reine.

TOUTES DEUX.
Courons, mes sœurs, obéissons.

La reine nous appelle,
Allons, rangeons-nous auprès d'elle.

TOUT LE CHŒUR, entrant sur
la scène par plusieurs endroits différents

La reine nous appelle,
Allons, rangeons-nous auprès d'elle

Elise. Ciel! quel nombreux essaim d'innocentes beautés
S'offre à mes yeux en foule, et sort de tous côtés!
Quelle aimable pudeur sur leur visage est peinte!
Prospérez, cher espoir d'une nation sainte!
Puisse jusques au ciel vos soupirs innocents
Monter comme l'odeur d'un agréable encens!
Que Dieu jette sur vous des regards pacifiques!
Esther. Mes filles, chantez-nous quelqu'un de ces cantiques,
Où vos voix, si souvent se mêlant à mes pleurs,
De la triste Sion célèbrent les malheurs.

UNE ISRAÉLITE SEULE, chante.
Déplorable Sion, qu'as-tu fait de ta gloire?
Tout l'univers admirait ta splendeur. [deur
Tu n'es plus que poussière, et de cette gran-
Il ne nous reste plus que la triste mémoire.
Sion, jusques au ciel élevée autrefois,
Jusqu'aux enfers maintenant abaissée,
Puissé-je demeurer sans voix,
Si dans mes chants ta douleur retracée,
Jusqu'au dernier soupir n'occupe ma pen-
[sée!
TOUT LE CHŒUR, [cieux!
O rives du Jourdain! ô champs aimés des
Sacrés monts, fertiles vallées,

Par cent miracles signalées!
Du doux pays de nos aïeux
Serons-nous toujours exilées?
UNE ISRAÉLITE SEULE. [parts,
Quand verrai-je, ô Sion! relever tes rem-
Et de tes tours les magnifiques faîtes?
Quand verrai-je de toute parts
Tes peuples en chantant accourir à tes fêtes?
TOUT LE CHŒUR. [cieux!
O rives du Jourdain! ô champs aimés des
Sacrés monts, fertiles vallées
Par cent miracles signalées!
Du doux pays de nos aïeux
Serons-nous toujours exilées?

SCÈNE III. — ESTHER, MARDOCHÉE, ÉLISE, LE CHŒUR.

Esther. Quel profane en ces lieux s'ose avancer vers nous?
Que vois-je! Mardochée, ô mon père, est-ce vous?
Un ange du Seigneur sous son aile sacrée
A donc conduit vos pas et caché votre entrée?
Mais d'où vient cet air sombre, et ce cilice affreux,

Et cette cendre enfin qui couvre vos cheveux?
Que nous annoncez-vous?

Mardochée. O reine infortunée!
O d'un peuple innocent barbare destinée!
Lisez, lisez l'arrêt détestable, cruel...
Nous sommes tous perdus, et c'est fait d'Israël.

Esther. Juste ciel! tout mon sang dans mes veines se glace!

Mardochée. On doit de tous les Juifs exterminer la race.
Au sanguinaire Aman nous sommes tous livrés.
Les glaives, les couteaux, sont déjà préparés.
Toute la nation à la fois est proscrite.
Aman, l'impie Aman, race d'Amalécite,
A pour ce coup funeste armé tout son crédit,
Et le roi trop crédule a signé cet édit;
Prévenu contre nous par cette bouche impure,
Il nous croit en horreur à toute la nature.
Ses ordres sont donnés, et dans tous ses États
Le jour fatal est pris pour tant d'assassinats.
Cieux! éclairerez-vous cet horrible carnage?
Le fer ne connaîtra ni le sexe ni l'âge.
Tout doit servir de proie aux tigres, aux vautours,
Et ce jour effroyable arrive dans dix jours.

Esther. O Dieu, qui vois former des desseins si funestes,
As-tu donc de Jacob abandonné les restes?

Une des plus jeunes Israélites.
Ciel! qui nous défendra si tu ne nous défends?

Mardochée. Laissez les pleurs, Esther, à ces jeunes enfants :
En vous est tout l'espoir de vos malheureux frères,
Il faut les secourir. Mais les heures sont chères.
Le temps vole, et bientôt amènera le jour
Où le nom des Hébreux doit périr sans retour.
Toute pleine du feu de tant de saints prophètes,
Allez, osez au roi déclarer qui vous êtes.

Esther. Hélas! ignorez-vous quelles sévères lois
Aux timides mortels cachent ici les rois?
Au fond de leur palais leur majesté terrible
Affecte à leurs sujets de se rendre invisible.
Et la mort est le prix de tout audacieux,
Qui, sans être appelé, se présente à leurs yeux,
Si le roi dans l'instant, pour sauver le coupable,
Ne lui donne à baiser son sceptre redoutable.
Rien ne met à l'abri de cet ordre fatal,
Ni le rang, ni le sexe, et le crime est égal.
Moi-même sur son trône à ses côtés assise,
Je suis à cette loi comme une autre soumise.
Et sans le prévenir, il faut pour lui parler,
Qu'il me cherche, ou du moins qu'il me fasse appeler.

Mardochée. Quoi! lorsque vous voyez périr votre patrie,
Pour quelque chose, Esther, vous comptez votre vie?
Dieu parle, et d'un mortel vous craignez le courroux?
Que dis-je, votre vie, Esther, est-elle à vous?
N'est-elle pas au sang dont vous êtes issue?
N'est-elle pas à Dieu, dont vous l'avez reçue?
Et qui sait, lorsqu'au trône il conduisit vos pas,
Si pour sauver son peuple il ne vous gardait pas?
Songez-y bien. Ce Dieu ne vous a pas choisie
Pour être un vain spectacle aux peuples de l'Asie,

Ni pour charmer les yeux des profanes humains.
Pour un plus noble usage il réserve ses saints.
S'immoler pour son nom et pour son héritage,
D'un enfant d'Israël voilà le vrai partage.
Trop heureuse, pour lui, de hasarder vos jours!
Et quel besoin son bras a-t-il de nos secours?
Que peuvent contre lui tous les rois de la terre?
En vain ils s'uniraient pour lui faire la guerre;
Pour dissiper leur ligue il n'a qu'à se montrer :
Il parle, et dans la poudre il les fait tous rentrer.
Au seul son de sa voix la mer fuit, le ciel tremble;
Il voit comme un néant tout l'univers ensemble;
Et les faibles mortels, vains jouets du trépas,
Sont tous devant ses yeux comme s'ils n'étaient pas.
S'il a permis d'Aman l'audace criminelle,
Sans doute qu'il voulait éprouver votre zèle.
C'est lui qui, m'excitant à vous oser chercher,
Devant moi, chère Esther, a bien voulu marcher.
Et, s'il faut que sa voix frappe en vain vos oreilles,
Nous n'en verrons pas moins éclater ses merveilles.
Il peut confondre Aman, il peut briser nos fers
Par la plus faible main qui soit dans l'univers.
Et vous qui n'aurez point accepté cette grâce,
Vous périrez, peut-être, et toute votre race.

Esther. Allez. Que tous les Juifs dans Suze répandus,
A prier avec vous jour et nuit assidus,
Me prêtent de leurs vœux le secours salutaire,
Et pendant ces trois jours gardent un jeûne austère.
Déjà la sombre nuit a commencé son tour.
Demain, quand le soleil rallumera le jour,
Contente de périr, s'il faut que je périsse,
J'irai pour mon pays m'offrir en sacrifice.
Qu'on s'éloigne un moment.

(Le chœur se retire vers le fond du théâtre.)

SCÈNE IV. — ESTHER, ÉLISE, LE CHŒUR.

    Esther. O mon souverain roi!
Me voici donc tremblante et seule devant toi.
Mon père mille fois m'a dit dans mon enfance,
Qu'avec nous tu juras une sainte alliance;
Quand, pour te faire un peuple agréable à tes yeux,
Il plut à ton amour de choisir nos aïeux,
Même tu leur promis de ta bouche sacrée
Une postérité d'éternelle durée.
Hélas! ce peuple ingrat a méprisé ta loi;
La nation chérie a violé sa foi.
Elle a répudié son époux et son père,
Pour rendre à d'autres dieux un honneur adultère.
Maintenant elle sert sous un maître étranger;
Mais c'est peu d'être esclave, on la veut égorger.
Nos superbes vainqueurs, insultant à nos larmes,
Imputent à leurs dieux le bonheur de leurs armes,
Et veulent aujourd'hui qu'un même coup mortel
Abolisse ton nom, ton peuple et ton autel.
Ainsi donc un perfide, après tant de miracles,
Pourrait anéantir la foi de tes oracles,
Ravirait aux mortels le plus cher de tes dons,

Le saint que tu promets et que nous attendons?
Non, non, ne souffre pas que ces peuples farouches,
Ivres de notre sang, ferment les seules bouches
Qui dans tout l'univers célèbrent tes bienfaits,
Et confonds tous ces dieux qui ne furent jamais.
Pour moi, que tu retiens parmi ces infidèles,
Tu sais combien je hais leurs fêtes criminelles,
Et que je mets au rang des profanations
Leur table, leurs festins et leurs libations :
Que même cette pompe où je suis condamnée,
Ce bandeau dont il faut que je paraisse ornée,
Dans ces jours solennels à l'orgueil dédiés,
Seule et dans le secret, je le foule à mes pieds ;
Qu'à ces vains ornements je préfère la cendre,
Et n'ai de goût qu'aux pleurs que tu me vois répandre.
J'attendais le moment marqué dans ton arrêt
Pour oser de ton peuple embrasser l'intérêt.
Ce moment est venu; ma prompte obéissance
Va d'un roi redoutable affronter la présence.
C'est pour toi que je marche, accompagne mes pas
Devant ce fier lion qui ne te connaît pas;
Commande en me voyant que son courroux s'apaise,
Et prête à mes discours un charme qui lui plaise.
Les orages, les vents, les cieux, te sont soumis,
Tourne enfin sa fureur contre nos ennemis.

SCÈNE V. — LE CHŒUR.

UNE ISRAÉLITE SEULE, chante.
Pleurons et gémissons, mes fidèles compagnes,
A nos sanglots donnons un libre cours ;
Levons les yeux vers les saintes montagnes,
D'où l'innocence attend tout son secours.
O mortelles alarmes !
Tout Israël périt : pleurez, mes tristes yeux,
Il ne fut jamais sous les cieux
Un si juste sujet de larmes.
TOUT LE CHOEUR.
O mortelles alarmes!
UNE AUTRE ISRAÉLITE.
N'était-ce pas assez qu'un vainqueur odieux
De l'auguste Sion eût détruit tous les charmes
Et traîné ses enfants captifs en mille lieux?
TOUT LE CHOEUR.
O mortelles alarmes?
LA MÊME ISRAÉLITE.
Faibles agneaux, livrés à des loups furieux,
Nos soupirs sont nos seules armes.
TOUT LE CHOEUR.
O mortelles alarmes !
UNE DES ISRAÉLITES.
Arrachons, déchirons tous ces vains ornements
Qui parent notre tête.
UNE AUTRE.
Revêtons-nous d'habillements
Conformes à l'horrible fête
Que l'impie Aman nous apprête.
TOUT LE CHOEUR.
Arrachons, déchirons tous ces vains ornements
Qui parent notre tête.
UNE ISRAÉLITE SEULE.
Quel carnage de toutes parts!
On égorge à la fois les enfans, les vieillards,
Et la sœur, et le frère,
Et la fille, et la mère,
Le fils dans les bras de son père.
Que de corps entassés ! Que de membres épars
Privés de sépulture !
Grand Dieu ! tes saints sont la pâture
Des tigres et des léopards.
UNE DES PLUS JEUNES ISRAÉLITES.
Hélas! si jeune encore,
Par quel crime ai-je pu mériter mon malheur?
Ma vie à peine a commencé d'éclore :
Je tomberai comme une fleur
Qui n'a vu qu'une aurore.
Hélas ! si jeune encore,
Par quel crime ai-je pu mériter mon malheur?
UNE AUTRE.
Des offenses d'autrui malheureuses victimes,
Que nous servent, hélas ! ces regrets superflus?
Nos pères ont péché, nos pères ne sont plus,
Et nous portons la peine de leurs crimes
TOUT LE CHOEUR.
Le Dieu que nous servons est le Dieu des combats:
Non, non, il ne souffrira pas
Qu'on égorge ainsi l'innocence.
UNE ISRAÉLITE SEULE.
Hé quoi ! dirait l'impiété,
Où donc est-il ce Dieu si redouté,
Dont Israël nous vantait la puissance?
UNE AUTRE.
Ce Dieu jaloux, ce Dieu victorieux;
Frémissez, peuples de la terre.
Ce Dieu jaloux, ce Dieu victorieux
Est le seul qui commande aux cieux,
Ni les éclairs, ni le tonnerre

N'obéissent point à vos dieux.
UNE AUTRE.
Il renverse l'audacieux.
UNE AUTRE.
Il prend l'humble sous sa défense
TOUT LE CHŒUR. [bats;
Le Dieu que nous servons est le Dieu des com-
Non, non, il ne souffrira pas
Qu'on égorge ainsi l'innocence
DEUX ISRAÉLITES.
O Dieu, que la gloire couronne !
Dieu, que la lumière environne !
Qui voles sur l'aile des vents,
Et dont le trône est porté par les anges.
DEUX AUTRES DES PLUS JEUNES.
Dieu ! qui veux bien que de simples enfants
Avec eux chantent tes louanges

TOUT LE CHŒUR.
Tu vois nos pressants dangers;
Donne à ton nom la victoire:
Ne souffre point que ta gloire
Passe à des dieux étrangers.
UNE ISRAÉLITE SEULE
Arme-toi, viens nous défendre; [dre
Descends tel qu'autrefois la mer te vit descen-
Que les méchants apprennent aujourd'hui
A craindre ta colère. [gère
Qu'ils soient comme la poudre et la paille lé
Que le vent chasse devant lui
TOUT LE CHŒUR.
Tu vois nos pressants dangers;
Donne à ton nom la victoire:
Ne souffre point que ta gloire
Passe à des dieux étrangers.

ACTE II

(Le théâtre représenté la chambre où est le trône d'Assuérus.)

SCÈNE Ire. — AMAN, HYDASPE.

Aman. Hé quoi ! lorsque le jour ne commence qu'à luire,
Dans ce lieu redoutable oses-tu m'introduire ?
Hydaspe. Vous savez qu'on s'en peut reposer sur ma foi;
Que ces portes, Seigneur, n'obéissent qu'à moi.
Venez. Partout ailleurs on pourrait nous entendre.
Aman. Quel est donc le secret que tu me veux apprendre ?
Hydaspe. Seigneur, de vos bienfaits mille fois honoré,
Je me souviens toujours que je vous ai juré
D'exposer à vos yeux, par des avis sincères,
Tout ce que ce palais renferme de mystères.
Le roi d'un noir chagrin paraît enveloppé,
Quelque songe effrayant cette nuit l'a frappé.
Pendant que tout gardait un silence paisible,
Sa voix s'est fait entendre avec un cri terrible.
J'ai couru; le désordre était dans ses discours,
Il s'est plaint d'un péril qui menaçait ses jours;
Il parlait d'ennemi, de ravisseur farouche,
Même le nom d'Esther est sorti de sa bouche.
Il a dans ces horreurs passé toute la nuit.
Enfin, las d'appeler un sommeil qui le fuit,
Pour écarter de lui ces images funèbres,
Il s'est fait apporter ces annales célèbres,
Où les faits de son règne, avec soin amassés,
Par de fidèles mains chaque jour sont tracés.
On y conserve écrits le service et l'offense,
Monuments éternels d'amour et de vengeance.
Le roi, que j'ai laissé plus calme dans son lit,
D'une oreille attentive écoute ce récit.
Aman. De quel temps de sa vie a-t-il choisi l'histoire ?
Hydaspe. Il revoit tous ces temps si remplis de sa gloire,
Depuis le fameux jour qu'au trône de Cyrus
Le choix du sort plaça l'heureux Assuérus.
Aman. Ce songe, Hydaspe, est donc sorti de son idée ?

Hydaspe. Entre tous les devins fameux dans la Chaldée,
Il a fait assembler ceux qui savent le mieux
Lire en un songe obscur les volontés des cieux.
Mais quel trouble vous-même aujourd'hui vous agite?
Votre âme en m'écoutant paraît tout interdite;
L'heureux Aman a-t-il quelques secrets ennuis?

Aman. Peux-tu le demander, dans la place où je suis;
Haï, craint, envié, souvent plus misérable
Que tous les malheureux que mon pouvoir accable?

Hydaspe. Hé! qui jamais du ciel eut des regards plus doux?
Vous voyez l'univers prosterné devant vous.

Aman. L'univers? Tous les jours un homme... un vil esclave,
D'un front audacieux me dédaigne et me brave.

Hydaspe. Quel est cet ennemi de l'État et du roi?

Aman. Le nom de Mardochée est-il connu de toi?

Hydaspe. Qui? Ce chef d'une race abominable, impie?

Aman. Oui, lui-même.

   Hydaspe. Hé, seigneur! d'une si belle vie
Un si faible ennemi peut-il troubler la paix?

Aman. L'insolent devant moi ne se courba jamais.
En vain de la faveur du plus grand des monarques
Tout révère à genoux les glorieuses marques.
Lorsque d'un saint respect tous les Persans touchés,
N'osent lever leurs fronts à la terre attachés,
Lui, fièrement assis, et la tête immobile,
Traite tous ces honneurs d'impiété servile,
Présente à mes regards un front séditieux,
Et ne daignerait pas au moins baisser les yeux.
Du palais cependant il assiége la porte;
A quelque heure que j'entre, Hydaspe, ou que je sorte,
Son visage odieux m'afflige et me poursuit;
Et mon esprit troublé le voit encor la nuit.
Ce matin j'ai voulu devancer la lumière,
Je l'ai trouvé couvert d'une affreuse poussière,
Revêtu de lambéaux, tout pâle; mais son œil
Conservait sous la cendre encor le même orgueil.
D'où lui vient, cher ami, cette impudente audace?
Toi, qui, dans ce palais, vois tout ce qui se passe,
Crois-tu que quelque voix ose parler pour lui?
Sur quel roseau fragile a-t-il mis son appui?

Hydaspe. Seigneur, vous le savez, son avis salutaire
Découvrit de Tharès le complot sanguinaire;
Le roi promit alors de le récompenser,
Le roi, depuis ce temps, paraît n'y plus penser.

Aman. Non, il faut à tes yeux dépouiller l'artifice.
J'ai su de mon destin corriger l'injustice.
Dans les mains des Persans jeune enfant apporté,
Je gouverne l'empire où je fus acheté;
Mes richesses des rois égalent l'opulence.
Environné d'enfants, soutiens de ma puissance,
Il ne manque à mon front que le bandeau royal,
Cependant (des mortels aveuglement fatal!)
De cet amas d'honneurs la douceur passagère
Fait sur mon cœur à peine une atteinte légère;
Mais Mardochée assis aux portes du palais
Dans ce cœur malheureux enfonce mille traits;
Et toute ma grandeur me devient insipide,

Tandis que le soleil éclaire ce perfide.

Hydaspe. Vous serez de sa vue affranchi dans dix jours :
La nation entière est promise aux vautours.

Aman. Ah! que ce temps est long à mon impatience!
C'est lui, je te veux bien confier ma vengeance,
C'est lui, qui devant moi refusant de ployer,
Les a livrés au bras qui les va foudroyer.
C'était trop peu pour moi d'une telle victime;
La vengeance trop faible attire un second crime.
Un homme tel qu'Aman, lorsqu'on l'ose irriter,
Dans sa juste fureur ne peut trop éclater.
Il faut des châtiments dont l'univers frémisse,
Qu'on tremble en comparant l'offense et le supplice;
Que les peuples entiers dans le sang soient noyés.
Je veux qu'on dise un jour aux siècles effrayés :
Il fut des Juifs, il fut une insolente race,
Répandus sur la terre ils en couvraient la face.
Un seul osa d'Aman attirer le courroux,
Aussitôt de la terre ils disparurent tous.

Hydaspe. Ce n'est donc pas, seigneur, le sang amalécite
Dont la voix, à les perdre, en secret vous excite?

Aman. Je sais que descendu de ce sang malheureux,
Une éternelle haine a dû m'armer contre eux;
Qu'ils firent d'Amalec un indigne carnage;
Que jusqu'aux vils troupeaux, tout éprouva leur rage;
Qu'un déplorable reste à peine fut sauvé.
Mais, crois-moi, dans le rang où je suis élevé,
Mon âme à ma grandeur tout entière attachée,
Des intérêts du sang est faiblement touchée.
Mardochée est coupable; et que faut-il de plus?
Je prévins donc contre eux l'esprit d'Assuérus.
J'inventai des couleurs, j'armai la calomnie;
J'intéressai sa gloire, il trembla pour sa vie;
Je les peignis puissants, riches, séditieux,
Leur Dieu même ennemi de tous les autres dieux.
Jusqu'à quand souffre-t-on que ce peuple respire,
Et d'un culte profane infecte votre empire?
Étrangers dans la Perse, à nos lois opposés,
Du reste des humains ils semblent divisés;
N'aspirent qu'à troubler le repos où nous sommes,
Et, détestés partout, détestent tous les hommes.
Prévenez, punissez leurs insolents efforts,
De leur dépouille enfin grossissez vos trésors.
Je dis, et l'on me crut. Le roi dès l'heure même
Mit dans ma main le sceau de son pouvoir suprême.
Assure, me dit-il, le repos de ton roi;
Va, perds ces malheureux, leur dépouille est à toi.
Toute la nation fut ainsi condamnée,
Du carnage avec lui je réglai la journée.
Mais de ce traître enfin le trépas différé,
Fait trop souffrir mon cœur de son sang altéré.
Un je ne sais quel trouble empoisonne ma joie :
Pourquoi dix jours encor faut-il que je le voie!

Hydaspe. Et ne pouvez-vous pas d'un mot l'exterminer?
Dites au roi, seigneur, de vous l'abandonner.

Aman. Je viens pour épier le moment favorable;
Tu connais comme moi ce prince inexorable,

Tu sais combien terrible en ses soudains transports,
De nos desseins souvent il rompt tous les ressorts.
Mais à me tourmenter ma crainte est trop subtile,
Mardochée à ses yeux est une âme trop vile.
  Hydaspe. Que tardez-vous? Allez, et faites promptement
Elever de sa mort le honteux instrument.
  Aman. J'entends du bruit, je sors. Toi, si le roi m'appelle...
  Hydaspe. Il suffit.

SCÈNE II. — ASSUÉRUS, HYDASPE, ASAPH, Suite d'Assuérus.

  Assuérus. Ainsi donc, sans cet avis fidèle,
Deux traîtres, dans son lit, assassinaient leur roi?
Qu'on me laisse, et qu'Asaph seul demeure avec moi.

SCÈNE III. — ASSUÉRUS, ASAPH.

  Assuérus, *assis sur son trône.*
Je veux bien l'avouer. De ce couple perfide
J'avais presque oublié l'attentat parricide;
Et j'ai pâli deux fois au terrible récit
Qui vient d'en retracer l'image à mon esprit.
Je vois de quel succès leur fureur fut suivie,
Et que dans les tourments ils laissèrent la vie.
Mais ce sujet zélé, qui, d'un œil si subtil,
Sut de leur noir complot développer le fil;
Qui me montra sur moi leur main déjà levée,
Enfin par qui la Perse avec moi fut sauvée,
Quel honneur pour sa foi, quel prix a-t-il reçu?
  Asaph. On lui promit beaucoup, c'est tout ce que j'ai su.
  Assuérus. O d'un si grand service oubli trop condamnable
Des embarras du trône effet inévitable!
De soins tumultueux un prince environné
Vers de nouveaux objets est sans cesse entraîné.
L'avenir l'inquiète et le présent le frappe;
Mais, plus prompt que l'éclair, le passé nous échappe.
Et de tant de mortels à toute heure empressés
A nous faire valoir leurs soins intéressés,
Il ne s'en trouve point, qui, touchés d'un vrai zèle,
Prennent à notre gloire un intérêt fidèle,
Du mérite oublié nous fassent souvenir :
Trop prompts à nous parler de ce qu'il faut punir!
Ah! que plutôt l'injure échappe à ma vengeance,
Qu'un si rare bienfait à ma reconnaissance.
Et qui voudrait jamais s'exposer pour son roi?
Ce mortel qui montra tant de zèle pour moi,
Vit-il encor?
  Asaph. Il voit l'astre qui vous éclaire.
  Assuérus. Et que n'a-t-il plus tôt demandé son salaire?
Quel pays reculé le cache à mes bienfaits?
  Asaph. Assis le plus souvent aux portes du palais,
Sans se plaindre de vous, ni de sa destinée,
Il y traîne, seigneur, sa vie infortunée.
  Assuérus. Et je dois d'autant moins oublier la vertu,
Qu'elle-même s'oublie. Il se nomme, dis-tu?
  Asaph. Mardochée est le nom que je viens de vous lire.
  Assuérus. Et son pays?
  Asaph. Seigneur, puisqu'il faut vous le dire,

C'est un de ces captifs à périr destinés,
Des rives du Jourdain sur l'Euphrate amenés.
   Assuérus. Il est donc Juif? O ciel! sur le point que la vie
Par mes propres sujets m'allait être ravie,
Un Juif rend par ses soins leurs efforts impuissants !
Un Juif m'a préservé du glaive des Persans!
Mais, puisqu'il m'a sauvé, quel qu'il soit, il n'importe.
Holà, quelqu'un.

SCÈNE IV. — ASSUÉRUS, HYDASPE, ASAPH.

   Hydaspe. Seigneur ?
                    Assuérus. Regarde à celte porte,
Vois s'il s'offre à tes yeux quelque grand de ma cour.
   Hydaspe. Aman, à votre porte, a devancé le jour.
   Assuérus. Qu'il entre; ses avis m'éclaireront peut-être.

SCÈNE V. — ASSUÉRUS, AMAN, HYDASPE, ASAPH.

   Assuérus. Approche, heureux appui du trône de ton maître,
Ame de mes conseils, et qui seul tant de fois
Du sceptre dans ma main as soulagé le poids.
Un reproche secret embarrasse mon âme;
Je sais combien est pur le zèle qui t'enflamme.
Le mensonge jamais n'entra dans tes discours,
Et mon intérêt seul est le but où tu cours.
Dis-moi donc? Que doit faire un prince magnanime,
Qui veut combler d'honneurs un sujet qu'il estime?
Par quel gage éclatant, et digne d'un grand roi,
Puis-je récompenser le mérite et la foi ?
Ne donne point de borne à ma reconnaissance,
Mesure tes conseils sur ma vaste puissance.
                    Aman, *à part et tout bas.*
C'est pour toi-même, Aman, que tu vas prononcer;
Et quel autre que toi peut-on récompenser?
   Assuérus. Que penses-tu?
                    Aman. Seigneur, je cherche, j'envisage.
Des monarques persans la conduite et l'usage;
Mais à mes yeux en vain je les rappelle tous,
Pour vous régler sur eux, que sont-ils près de vous?
Votre règne aux neveux doit servir de modèle.
Vous voulez d'un sujet reconnaître le zèle :
L'honneur seul peut flatter un esprit généreux.
Je voudrais donc, seigneur, que ce mortel heureux,
De la pourpre aujourd'hui paré comme vous-même,
Et portant sur le front le sacré diadème,
Sur un de vos coursiers pompeusement orné,
Aux yeux de vos sujets dans Suze fût mené,
Que pour comble de gloire et de magnificence,
Un seigneur éminent en richesse, en puissance,
Enfin de votre empire après vous le premier,
Par la bride guidât son superbe coursier;
Et lui-même marchant en habits magnifiques,
Criât à haute voix dans les places publiques :
« Mortels, prosternez-vous. C'est ainsi que le roi
Honore le mérite et couronne la foi. »
   Assuérus. Je vois que la sagesse elle-même t'inspire.
Avec mes volontés ton sentiment conspire.

Va, ne perds point de temps; ce que tu m'as dicté,
Je veux de point en point qu'il soit exécuté.
La vertu dans l'oubli ne sera plus cachée;
Aux portes du palais prends le juif Mardochée,
C'est lui que je prétends honorer aujourd'hui;
Ordonne son triomphe, et marche devant lui.
Que Suze par ta voix de son nom retentisse,
Et fais à son aspect que tout genoux fléchisse.
Sortez tous.
    Aman, *à part*. Dieux!

SCÈNE VI. — ASSUÉRUS *seul*.

    Assuérus, *seul*. Le prix est sans doute inouï,
Jamais d'un tel honneur un sujet n'a joui.
Mais plus la récompense est grande et glorieuse,
Plus même de ce Juif la race est odieuse,
Plus j'assure ma vie, et montre avec éclat
Combien Assuérus redoute d'être ingrat.
On verra l'innocent discerné du coupable.
Je n'en perdrai pas moins ce peuple abominable.
Leurs crimes...

SCÈNE VII. — ASSUÉRUS, ESTHER, ÉLISE, THAMAR.
PARTIE DU CHŒUR.

(Esther entre s'appuyant sur Élise; quatre Israélites soutiennent sa robe

    Assuérus. Sans mon ordre on porte ici ses pas?
Quel mortel insolent vient chercher le trépas?
Gardes! C'est vous, Esther? Quoi, sans être attendue!
    Esther. Mes filles, soutenez votre reine éperdue.
Je me meurs.
                    (Elle tombe évanouie.)
    Assuérus. Dieux puissants! Quelle étrange pâleur
De son teint tout à coup efface la couleur!
Esther, que craignez-vous? Suis-je pas votre frère?
Est-ce pour vous qu'est fait un ordre si sévère?
Vivez. Le sceptre d'or que vous tend cette main,
Pour vous, de ma clémence est un gage certain.
    Esther. Quelle voix salutaire ordonne que je vive,
Et rappelle en mon sein mon âme fugitive?
    Assuérus. Ne connaissez-vous pas la voix de votre époux?
Encore un coup vivez, et revenez à vous.
    Esther. Seigneur, je n'ai jamais contemplé qu'avec crainte
L'auguste majesté sur votre front empreinte.
Jugez combien ce front irrité contre moi,
Dans mon âme troublée a dû jeter d'effroi.
Sur ce trône sacré, qu'environne la foudre,
J'ai cru vous voir tout prêt à me réduire en poudre.
Hélas! sans frissonner, quel cœur audacieux
Soutiendrait les éclairs qui partent de vos yeux?
Ainsi du Dieu vivant la colère étincelle...
    Assuérus. O soleil! ô flambeaux de lumière immortelle!
Je me trouble moi-même, et sans frémissement,
Je ne puis voir sa peine et son saisissement.
Calmez, reine, calmez la frayeur qui vous presse;
Du cœur d'Assuérus souveraine maîtresse,
Éprouvez seulement son ardente amitié:
Faut-il de mes États vous donner la moitié?

Esther. Hé ! se peut-il qu'un roi, craint de la terre entière,
Devant qui tout fléchit et baise la poussière,
Jette sur son esclave un regard si serein,
Et m'offre sur son cœur un pouvoir souverain?

Assuérus. Croyez-moi, chère Esther, ce sceptre, cet empire,
Et ces profonds respects que la terreur inspire,
A leur pompeux éclat mêlent peu de douceur,
Et fatiguent souvent leur triste possesseur.
Je ne trouve qu'en vous je ne sais quelle grâce,
Qui me charme toujours et jamais ne me lasse.
De l'aimable vertu doux et puissants attraits!
Tout respire en Esther l'innocence et la paix.
Du chagrin le plus noir elle écarte les ombres,
Et fait des jours sereins de mes jours les plus sombres.
Que dis-je? Sur ce trône assis auprès de vous,
Des astres ennemis je crains moins le courroux;
Et crois que votre front prête à mon diadème
Un éclat qui le rend respectable aux dieux même.
Osez donc me répondre, et ne me cachez pas
Quel sujet important conduit ici vos pas.
Quel intérêt, quels soins vous agitent, vous pressent?
Je vois qu'en m'écoutant vos yeux au ciel s'adressent.
Parlez. De vos désirs le succès est certain,
Si ce succès dépend d'une mortelle main.

Esther. O bonté, qui m'assure autant qu'elle m'honore !
Un intérêt pressant veut que je vous implore.
J'attends ou mon malheur ou ma félicité,
Et tout dépend, seigneur, de votre volonté.
Un mot de votre bouche, en terminant mes peines,
Peut rendre Esther heureuse entre toutes les reines.

Assuérus. Ah! que vous enflammez mon désir curieux!

Esther. Seigneur, si j'ai trouvé grâce devant vos yeux,
Si jamais à mes vœux vous fûtes favorable,
Permettez avant tout qu'Esther puisse à sa table
Recevoir aujourd'hui son souverain seigneur,
Et qu'Aman soit admis à cet excès d'honneur.
J'oserai devant lui rompre ce grand silence,
Et j'ai, pour m'expliquer, besoin de sa présence.

Assuérus. Dans quelle inquiétude, Esther, vous me jetez!
Toutefois qu'il soit fait comme vous souhaitez.
(S'adressant à ceux de sa suite.)
Vous, que l'on cherche Aman, et qu'on lui fasse entendre,
Qu'invité chez la reine il ait soin de s'y rendre.

SCÈNE VIII. — ASSUÉRUS, ESTHER, ÉLISE, THAMAR, HYDASPE, UNE PARTIE DU CHŒUR.

Hydaspe. Les savants Chaldéens, par votre ordre appelés,
Dans cet appartement, Seigneur, sont assemblés.

Assuérus. Princesse, un songe étrange occupe ma pensée,
Vous-même en leur réponse êtes intéressée.
Venez, derrière un voile écoutant leurs discours,
De vos propres clartés me prêter le secours.
Je crains pour vous, pour moi quelque ennemi perfide.

Esther. Suis-moi, Thamar. Et vous, troupe jeune et timide,
Sans craindre ici les yeux d'une profane cour,
A l'abri de ce trône attendez mon retour.

SCÈNE IX. — ÉLISE, PARTIE DU CHŒUR.

Elise. Que vous semble, mes sœurs, de l'état où nous sommes?
D'Esther, d'Aman, qui le doit emporter?
Est-ce Dieu, sont-ce les hommes
Dont les œuvres vont éclater.
Vous avez vu quelle ardente colère
Allumait de ce roi le visage sévère.
Une des Israélites. Des éclairs de ses yeux l'œil était ébloui.
Une autre. Et sa voix m'a paru comme un tonnerre horrible.
Elise. Comment ce courroux si terrible
En un moment s'est-il évanoui?

UNE DES ISRAÉLITES chante.
Un moment a changé ce courage inflexible.
Le lion rugissant est un agneau paisible.
Dieu, notre Dieu, sans doute, a versé dans
    [son cœur
Cet esprit de douceur.
LE CHŒUR CHANTE. [son cœur
Dieu, notre Dieu, sans doute a versé dans
Cet esprit de douceur.

LA MÊME ISRAÉLITE chante.
Tel qu'un ruisseau docile
Obéit à la main qui détourne son cours,
Et, laissant de ses eaux partager le secours,
Va rendre tout un champ fertile:
Dieu de nos volontés arbitre souverain,
Le cœur des Rois est ainsi dans ta main.

Elise. Ah! que je crains, mes sœurs, les funestes nuages
Qui de ce prince obscurcissent les yeux!
Comme il est aveuglé du culte de ses dieux!
Une des Israélites. Il n'atteste jamais que leurs noms odieux.
Une autre. Aux feux inanimés dont se parent les cieux
Il rend de profanes hommages.
Une autre. Tout son palais est plein de leurs images.

LE CHŒUR chante. [mains;
Malheureux! vous quittez le Maître des hu-
Pour adorer l'ouvrage de vos mains.

UNE ISRAÉLITE chante.
Dieu d'Israël, dissipe enfin cette ombre.

Des larmes de tes Saints, quand sera-tu tou-
    [ché?
Quand sera le voile arraché, [bre?
Qui sur tout l'univers jette une nuit si som-
Dieu d'Israël, dissipe enfin cette ombre;
Jusqu'à quand seras-tu caché?

Une des plus jeunes Israélites.
Parlons plus bas, mes sœurs. Ciel! si quelque infidèle,
Ecoutant nos discours, nous allait déceler!
Elise. Quoi! fille d'Abraham, une crainte mortelle
Semble déjà vous faire chanceler?
Hé! si l'impie Aman dans sa main homicide,
Faisant luire à vos yeux un glaive menaçant,
A blasphémer le nom du Tout-Puissant
Voulait forcer votre bouche timide?
Une autre Israélite. Peut-être, Assuérus frémissant de courroux,
Si nous ne courbons les genoux
Devant une muette idole,
Commandera qu'on nous immole.
Chère sœur, que choisirez-vous?
La jeune Israélite. Moi! je pourrais trahir le Dieu que j'aime?
J'adorerais un dieu sans force et sans vertu,
Reste d'un tronc par les vents abattu,
Qui ne peut se sauver lui-même?

LE CHŒUR chante.
Dieux impuissants, Dieux sourds, tous ceux
    [qui vous implorent
Ne seront jamais entendus.
Que les démons et ceux qui les adorent
Soient à jamais détruits et confondus.

UNE ISRAÉLITE chante. [je suis,
Que ma bouche et mon cœur, et tout ce que

Rendent honneur au Dieu qui m'a donné la
    [vie.
Dans les craintes, dans les ennuis,
En ses bontés mon ame se confie.
Veut-il par mon trépas que je le glorifie?
Que ma bouche et mon cœur, et tout ce que
    [je suis,
Rendent honneur au Dieu qui m'a donné la
    [vie

Elise. Je n'admirai jamais la gloire de l'impie.

Une autre Israélite.

Au bonheur du méchant qu'une autre porte envie.

Elise. Tous ses jours paraissent charmants,
L'or éclate en ses vêtements.
Son orgueil est sans borne ainsi que sa richesse.
Jamais l'air n'est troublé de ses gémissements.
Il s'endort, il s'éveille au son des instruments.
Son cœur nage dans la mollesse.

Une autre Israélite. Pour comble de prospérité,
Il espère revivre en sa postérité :
Et d'enfants à sa table une riante troupe
Semble boire avec lui la joie à pleine coupe.

LE CHŒUR. (Tout ce reste est chanté.)
Heureux, dit-on, le peuple florissant,
Sur qui des biens coulent en abondance?
Plus heureux le peuple innocent
Qui dans le Dieu du ciel a mis sa confiance !

UNE ISRAÉLITE SEULE.
Pour contenter ses frivoles désirs,
L'homme insensé vainement se consume.
Il trouve l'amertume
Au milieu des plaisirs.

UNE AUTRE SEULE.
Le bonheur de l'impie est toujours agité.
Il erre à la merci de sa propre inconstance.
Ne cherchons la félicité
Que dans la paix de l'innocence.

LA MÊME AVEC UNE AUTRE.
O douce paix !
O lumière éternelle !
Beauté toujours nouvelle !
Heureux le cœur épris de tes attraits?
O douce paix?
O lumière éternelle?

Heureux le cœur qui ne te perd jamais

LE CHŒUR.
O douce paix !
O lumière éternelle !
Beauté toujours nouvelle !
O douce paix !
Heureux le cœur qui ne te perd jamais !

LA MÊME SEULE.
Nulle paix pour l'impie. Il la cherche, elle fuit,
Et le calme en son cœur ne trouve point de
[place.
Le glaive au dehors le poursuit ;
Le remords au dedans le glace.

UNE AUTRE.
La gloire des méchants en un moment s'éteint ;
L'affreux tombeau pour jamais les dévore,
Il n'en est pas ainsi de celui qui te craint :
Il renaîtra, mon Dieu, plus brillant que l'au-
[rore.

LE CHŒUR.
O douce paix !
Heureux le cœur qui ne te perd jamais !

Elise, *sans chanter.*
Mes sœurs, j'entends du bruit dans la chambre prochaine.
On nous appelle, allons rejoindre notre reine.

ACTE III

*(Le théâtre représente les jardins d'Esther et un des côtés du salon où se
fait le festin.)*

SCÈNE Ire. — AMAN, ZARÈS.

Zarès. C'est donc ici d'Esther le superbe jardin,
Et ce salon pompeux est le lieu du festin.
Mais, tandis que la porte en est encor fermée,
Écoutez les conseils d'une épouse alarmée.
Au nom du sacré nœud qui me lie avec vous,
Dissimulez, seigneur, cet aveugle courroux,
Éclaircissez ce front où la tristesse est peinte ;
Les rois craignent surtout le reproche et la plainte.
Seul entre tous les grands par la reine invité,
Ressentez donc aussi cette félicité.
Si le mal vous aigrit, que le bienfait vous touche.

Je l'ai cent fois appris de votre propre bouche,
Quiconque ne sait pas dévorer un affront,
Ni de fausses couleurs se déguiser le front,
Loin de l'aspect des rois qu'il s'écarte, qu'il fuie.
Il est des contre-temps qu'il faut qu'un sage essuie.
Souvent avec prudence un outrage enduré,
Aux honneurs les plus hauts a servi de degré.

    Aman. O douleur! ô supplice affreux à la pensée!
O honte, qui jamais ne peut être effacée!
Un exécrable Juif, l'opprobre des humains,
S'est donc vu de la pourpre habillé par mes mains?
C'est peu qu'il ait sur moi remporté la victoire;
Malheureux, j'ai servi de héraut à sa gloire.
Le traître! il insultait à ma confusion.
Et tout le peuple même avec dérision,
Observant la rougeur qui couvrait mon visage,
De ma chute certaine en tirait le présage.
Roi cruel! ce sont là les jeux où tu te plais.
Tu ne m'as prodigué tes perfides bienfaits
Que pour me faire mieux sentir ta tyrannie,
Et m'accabler enfin de plus d'ignominie.

    Zarès. Pouquoi juger si mal de son intention?
Il croit récompenser une bonne action.
Ne faut-il pas, seigneur, s'étonner, au contraire,
Qu'il en ait si longtemps différé le salaire?
Du reste, il n'a rien fait que par votre conseil,
Vous-même avez dicté tout ce triste appareil.
Vous êtes après lui le premier de l'empire.
Sait-il toute l'horreur que ce Juif vous inspire?

    Aman. Il sait qu'il me doit tout, et que pour sa grandeur
J'ai foulé sous les pieds remords, crainte, pudeur;
Qu'avec un cœur d'airain exerçant sa puissance,
J'ai fait taire les lois et gémir l'innocence;
Que pour lui des Persans bravant l'aversion,
J'ai chéri, j'ai cherché la malédiction.
Et pour prix de ma vie à leur haine exposée,
Le barbare aujourd'hui m'expose à leur risée.

    Zarès. Seigneur, nous sommes seuls; que sert de se flatter?
Ce zèle que pour lui vous fîtes éclater,
Ce soin d'immoler tout à son pouvoir suprême,
Entre nous, avaient-il d'autre objet que vous-même?
Et, sans chercher plus loin, tous ces Juifs désolés,
N'est-ce pas à vous seul que vous les immolez?
Et ne craignez-vous point que quelque avis funeste...
Enfin la cour nous hait, le peuple nous déteste.
Ce Juif même, il le faut confesser malgré moi,
Ce Juif comblé d'honneurs me cause quelque effroi.
Les malheurs sont souvent enchaînés l'un à l'autre,
Et sa race toujours fût fatale à la vôtre.
De ce léger affront songez à profiter;
Peut-être la fortune est prête à vous quitter.
Aux plus affreux excès son inconstance passé,
Prévenez son caprice avant qu'elle se lasse.
Où tendez-vous plus haut? Je frémis quand je voi
Les abîmes profonds qui s'offrent devant moi.
La chute désormais ne peut être qu'horrible;
Osez chercher ailleurs un destin plus paisible.

Regagnez l'Hellespont, et ces bords écartés,
Où vos aïeux errants jadis furent jetés,
Lorsque des Juifs contre eux la vengeance allumée
Chassa tout Amalec de la triste Idumée.
Aux malices du sort enfin dérobez-vous;
Nos plus riches trésors marcheront devant nous :
Vous pouvez du départ me laisser la conduite,
Surtout de vos enfants j'assurerai la fuite.
N'ayez soin cependant que de dissimuler,
Contente, sur vos pas vous me verrez voler.
La mer la plus terrible et la plus orageuse
Est plus sûre pour nous que cette cour trompeuse.
Mais à grands pas vers vous je vois quelqu'un marcher :
C'est Hydaspe.

SCÈNE II. — AMAN, ZARÈS, HYDASPE.

Hydaspe. Seigneur, je courais vous chercher.
Votre absence en ces lieux suspend toute la joie,
Et pour vous y conduire Assuérus m'envoie.
Aman. Et Mardochée est-il aussi de ce festin?
Hydaspe. A la table d'Esther portez-vous ce chagrin?
Quoi! toujours de ce Juif l'image vous désole?
Laissez-le s'applaudir d'un triomphe frivole.
Croit-il d'Assuérus éviter la rigueur?
Ne possédez-vous pas son oreille et son cœur?
On a payé le zèle, ou punira le crime,
Et l'on vous a, seigneur, orné votre victime.
Je me trompe, ou vos vœux par Esther secondés
Obtiendront plus encor que vous ne demandez.
Aman. Croirai-je le bonheur que ta bouche m'annonce?
Hydaspe. J'ai des savants devins entendu la réponse :
Ils disent que la main d'un perfide étranger
Dans le sang de la reine est prête à se plonger;
Et le roi, qui ne sait où trouver le coupable,
N'impute qu'aux seuls Juifs ce projet détestable.
Aman. Oui, ce sont, cher ami, des monstres furieux;
Il faut craindre surtout leur chef audacieux.
La terre avec horreur dès longtemps les endure,
Et l'on n'en peut trop tôt délivrer la nature.
Ah! je respire enfin. Chère Zarès, adieu.
Hydaspe. Les compagnes d'Esther s'avancent vers ce lieu;
Sans doute leur concert va commencer la fête,
Entrez, et recevez l'honneur qu'on vous apprête.

SCÈNE III. — ÉLISE, LE CHŒUR,

Une des Israélites.
C'est Aman.
Une autre. C'est lui-même, et j'en frémis, ma sœur.
La première. Mon cœur de crainte et d'horreur se resserre.
L'autre. C'est d'Israël le superbe oppresseur.
La première. C'est celui qui trouble la terre.
Elise. Peut-on en le voyant ne le connaître pas?
L'orgueil et le dédain sont peints sur son visage.
Une Israélite. On lit dans ses regards sa fureur et sa rage.
Une autre. Je croyais voir marcher la mort devant ses pas.
Une des plus jeunes. Je ne sais si ce tigre a reconnu sa proie

Mais, en nous regardant, mes sœurs, il m'a semblé
Qu'il avait dans les yeux une barbare joie
Dont tout mon sang est encore troublé.
Elise. Que ce nouvel honneur va croître son audace!
Je le vois, mes sœurs, je le voi,
A la table d'Esther, l'insolent près du roi
A déjà pris sa place.
Une des Israélites. Ministres du festin, de grâce, dites-nous
Quels mets à ce cruel, quel vin préparez-vous?
Une autre. Le sang de l'orphelin,
Une troisième. Les pleurs des misérables,
La seconde. Sont ses mets les plus agréable.
La troisième. C'est son breuvage le plus doux.
Elise. Chères sœurs, suspendez la douleur qui vous presse,
Chantons, on nous l'ordonne; et que puissent nos chants
Du cœur d'Assuérus adoucir la rudesse,
Comme autrefois David par ses accords touchants
Calmait d'un roi jaloux la sauvage tristesse.

UNE ISRAÉLITE.
Que le peuple est heureux,
Lorsqu'un roi généreux, [l'aime!
Craint dans tout l'univers, veut encore qu'on
Heureux le peuple! heureux le roi lui-
TOUT LE CHŒUR. [même!
O repos! ô tranquillité!
O d'un parfait bonheur assurance éternelle!
Quand la suprême autorité
Dans ses Conseils a toujours auprès d'elle
La Justice et la Vérité!
UNE ISRAÉLITE.
Rois, chassez la calomnie :
Ses criminels attentats
Des plus paisibles États
Troublent l'heureuse harmonie.

Sa fureur de sang avide
Poursuit partout l'innocent.
Rois, prenez soin de l'absent
Contre sa langue homicide.

De ce monstre si farouche
Craignez la feinte douceur.
La vengeance est dans son cœur,
Et la pitié dans sa bouche.

La fraude adroite et subtile
Sème de fleurs son chemin.
Mais sur ses pas vient enfin
Le repentir inutile
UNE ISRAÉLITE SEULE.
D'un souffle l'aquilon écarte les nuages,
Et chasse au loin la foudre et les orages.
Un roi sage, ennemi du langage menteur,
Écarte d'un regard le perfide imposteur.

UNE AUTRE.
J'admire un roi victorieux, [lieux,
Que sa valeur conduit triomphant en tous
Mais un roi sage, et qui hait l'injustice,
Qui sous la loi du riche impérieux
Ne souffre point que le pauvre gémisse,
Est le plus beau présent des cieux.
UNE AUTRE.
La veuve en sa défense espère
UNE AUTRE.
De l'orphelin il est le père.
TOUTES ENSEMBLE.
Et les larmes du juste implorant son appui,
Sont précieuses devant lui.
UNE ISRAÉLITE SEULE.
Détourne, roi puissant, détourne tes oreilles
De tout conseil barbare et mensonger.
Il est temps que tu t'éveilles.
Dans le sang innocent la main va se plonger,
Pendant que tu sommeilles.
Détourne, roi puissant, détourne tes oreilles
De tout conseil barbare et mensonger.
UNE AUTRE. [tière.
Ainsi puisse sous toi trembler la terre en-
Ainsi puisse à jamais contre tes ennemis
Le bruit de ta valeur te servir de barrière.
S'ils t'attaquent, qu'ils soient en un moment
[soumis.

Que de ton bras la force les renverse.
Que de ton nom la terreur les disperse.
Que tout leur camp nombreux soit devant tes
[soldats
Comme d'enfants une troupe inutile.
Et si par un chemin il entre en tes États,
Qu'il en sorte par plus de mille.

SCÈNE IV. — ASSUÉRUS, ESTHER, AMAN, ÉLISE, LE CHŒUR.

Assuérus *à Esther.* Oui, vos moindres discours ont des grâces se-
Une noble pudeur à tout ce que vous faites [crètes.
Donne un prix que n'ont point ni la pourpre ni l'or.
Quel climat renfermait un si rare trésor?
Dans quel sein vertueux avez-vous pris naissance?
Et quelle main si sage éleva votre enfance?

Mais dites promptement ce que vous demandez.
Tous vos désirs, Esther, vous seront accordés;
Dussiez-vous, je l'ai dit, et veux bien le redire,
Demander la moitié de ce puissant empire.
    Esther. Je ne m'égare point dans ces vastes désirs.
Mais, puisqu'il faut enfin expliquer mes soupirs,
Puisque mon roi lui-même à parler me convie,
        (Elle se jette aux pieds du roi)
J'ose vous implorer et pour ma propre vie,
Et pour les tristes jours d'un peuple infortuné,
Qu'à périr avec moi vous avez condamné.
        Assuérus la relevant.
A périr! Vous? Quel peuple? Et quel est ce mystère?
    Aman *tout bas.* Je tremble.
    Esther. Esther, Seigneur, eut un Juif pour son père.
De vos ordres sanglants vous savez la rigueur.
    Aman. Ah dieux!
    Assuérus. Ah! De quel coup me percez-vous le cœur?
Vous la fille d'un Juif? Hé quoi! tout ce que j'aime,
Cette Esther, l'innocence, et la sagesse même,
Que je croyais du ciel les plus chères amours,
Dans cette source impure aurait puisé ses jours?
Malheureux!
    Esther. Vous pourrez rejeter ma prière.
Mais je demande au moins que pour grâce dernière,
Jusqu'à la fin, seigneur, vous m'entendiez parler;
Et que surtout Aman n'ose point me troubler.
    Assuérus. Parlez.
        Esther. O Dieu! confonds l'audace et l'imposture.
Ces Juifs, dont vous voulez délivrer la nature,
Que vous croyez, seigneur, le rebut des humains,
D'une riche contrée autrefois souverains,
Pendant qu'ils n'adoraient que le Dieu de leurs pères,
Ont vu bénir le cours de leurs destins prospères.
Ce Dieu, maître absolu de la terre et des cieux,
N'est point tel que l'erreur le figure à vos yeux.
L'Éternel est son nom; le monde est son ouvrage,
Il entend les soupirs de l'humble qu'on outrage,
Juge tous les mortels avec d'égales lois,
Et du haut de son trône interroge les rois.
Des plus fermes États la chute épouvantable,
Quand il veut, n'est qu'un jeu de sa main redoutable.
Les Juifs à d'autres dieux osèrent s'adresser.
Rois, peuples, en un jour tout se vit disperser.
Sous les Assyriens leur triste servitude
Devint le juste prix de leur ingratitude.
Mais, pour punir enfin nos maîtres à leur tour,
Dieu fit choix de Cyrus, avant qu'il vît le jour,
L'appela par son nom, le promit à la terre,
Le fit naître, et soudain l'arma de son tonnerre,
Brisa les fiers remparts, et les portes d'airain,
Mit des superbes rois la dépouille en sa main.
De son temple détruit vengea sur eux l'injure.
Babylone paya nos pleurs avec usure.
Cyrus par lui vainqueur publia ses bienfaits,
Regarda notre peuple avec des yeux de paix,
Nous rendit et nos lois, et nos fêtes divines;

Et le temple déjà sortait de ses ruines.
Mais de ce roi si sage héritier insensé,
Son fils interrompit l'ouvrage commencé,
Fut sourd à nos douleurs. Dieu rejeta sa race,
Le retrancha lui-même, et vous mit en sa place.
Que n'espérions-nous point d'un roi si généreux?
Dieu regarde en pitié son peuple malheureux,
Disions-nous; un roi règne ami de l'innocence.
Partout du nouveau prince on vantait la clémence.
Les Juifs partout de joie en poussèrent des cris.
Ciel! verra-t-on toujours par de cruels esprits
Des princes les plus doux l'oreille environnée,
Et du bonheur public la source empoisonnée?
Dans le fond de la Thrace un barbare enfanté
Est venu dans ces lieux souffler la cruauté.
Un ministre ennemi de votre propre gloire.....
    Aman. De votre gloire? Moi? Ciel! Le pourriez-vous croire?
Moi, qui n'ai d'autre objet, ni d'autre dieu...
                  Assuérus. Tais-toi.
Oses-tu donc parler sans l'ordre de ton roi?
    Esther. Notre ennemi cruel devant vous se déclare.
C'est lui. C'est ce ministre infidèle et barbare
Qui d'un zèle trompeur à vos yeux revêtu,
Contre notre innocence arma votre vertu.
Et quel autre, grand Dieu! qu'un Scythe impitoyable
Aurait de tant d'horreurs dicté l'ordre effroyable?
Partout l'affreux signal en même temps donné
De meurtres remplira l'univers étonné.
On verra sous le nom du plus juste des princes
Un perfide étranger désoler vos provinces,
Et dans ce palais même en proie à son courroux,
Le sang de vos sujets regorger jusqu'à vous.
Et que reproche aux Juifs sa haine envenimée?
Quelle guerre intestine avons-nous allumée?
Les a-t-on vu marcher parmi vos ennemis?
Fut-il jamais au joug esclaves plus soumis?
Adorant dans leurs fers le Dieu qui les châtie,
Pendant que votre main sur eux appesantie
A leurs persécuteurs les livrait sans secours,
Ils conjuraient ce Dieu de veiller sur vos jours,
De rompre des méchants les trames criminelles,
De mettre votre trône à l'ombre de ses ailes.
N'en doutez point, seigneur, il fut votre soutien.
Lui seul mit à vos pieds le Parthe et l'Indien,
Dissipa devant vous les innombrables Scythes,
Et renferma les mers dans vos vastes limites.
Lui seul aux yeux d'un Juif découvrit le dessein
De deux traîtres tout prêts à vous percer le sein.
Hélas! ce Juif jadis m'adopta pour sa fille.
    Assuérus. Mardochée?
              Esther. Il restait seul de notre famille.
Mon père était son frère. Il descend comme moi
Du sang infortuné de notre premier roi.
Plein d'une juste horreur pour un Amalécite
Race que notre Dieu de sa bouche a maudite,
Il n'a devant Aman pu fléchir les genoux,
Ni lui rendre un honneur qu'il ne croit dû qu'à vous.

De là contre les Juifs, et contre Mardochée,
Cette haine, seigneur, sous d'autres noms cachée,
En vain de vos bienfaits Mardochée est paré,
A la porte d'Aman est déjà préparé
D'un infâme trépas l'instrument exécrable.
Dans une heure au plus tard ce vieillard vénérable,
Des portes du palais par son ordre arraché,
Couvert de votre pourpre, y doit être attaché.

    Assuérus. Quel jour mêlé d'horreur vient effrayer mon âme?
Tout mon sang de colère et de honte s'enflamme.
J'étais donc le jouet... Ciel! daigne m'éclairer.
Un moment sans témoins cherchons à respirer.
Appelez Mardochée, il faut aussi l'entendre.

(Le roi s'éloigne.)

    Une Israélite. Vérité, que j'implore, achève de descendre.

SCÈNE V. — ESTHER, AMAN, LE Chœur.

    Aman à *Esther.* D'un juste étonnement je demeure frappé.
Les ennemis des Juifs m'ont trahi, m'ont trompé.
J'en atteste du ciel la puissance suprême,
En les perdant, j'ai cru vous assurer vous-même.
Princesse, en leur faveur employez mon crédit.
Le roi, vous le voyez, flotte encore interdit.
Je sais par quels ressorts on le pousse, on l'arrête,
Et fais, comme il me plaît, le calme et la tempête,
Les intérêts des Juifs déjà me sont sacrés.
Parlez. Vos ennemis aussitôt massacrés,
Victimes de la foi que ma bouche vous jure,
De ma fatale erreur répareront l'injure.
Quel sang demandez-vous?

                  Esther. Va, traître, laisse-moi.
Les Juifs n'attendent rien d'un méchant tel que toi.
Misérable, le Dieu vengeur de l'innocence,
Tout prêt à te juger, tient déjà sa balance.
Bientôt son juste arrêt te sera prononcé.
Tremble. Son jour approche, et ton règne est passé.

    Aman. Oui, ce Dieu, je l'avoue, est un Dieu redoutable
Mais veut-il que l'on garde une haine implacable?
C'en est fait. Mon orgueil est forcé de plier.
L'inexorable Aman est réduit à prier.

(Il se jette à ses pieds.)

Par le salut des Juifs, par ces pieds que j'embrasse,
Par ce sage vieillard, l'honneur de votre race,
Daignez d'un roi terrible apaiser le courroux.
Sauvez Aman, qui tremble à vos sacrés genoux.

SCÈNE VI. — ASSUÉRUS, ESTHER, AMAN, ÉLISE, Gardes, LE Chœur

    Assuérus. Quoi! le traître sur vous porte ses mains hardies?
Ah! dans ses yeux confus je lis ses perfidies,
Et son trouble appuyant la foi de vos discours,
De tous ses attentats me rappelle le cours.
Qu'à ce monstre à l'instant l'âme soit arrachée.
Et que devant sa porte, au lieu de Mardochée,
Apaisant par sa mort et la terre et les cieux,
De mes peuples vengés il repaisse les yeux.

(Aman est emmené par les gardes.)

SCÈNE VII. — ASSUÉRUS, ESTHER, MARDOCHÉE, ÉLISE, LE CHŒUR.

Assuérus, *continue, en s'adressant à Mardochée.*
Mortel, chéri du ciel, mon salut et ma joie,
Au conseil des méchants ton roi n'est plus en proie,
Mes yeux sont dessillés, le crime est confondu.
Viens briller près de moi dans le rang qui t'est dû.
Je te donne d'Aman les biens et la puissance,
Possède justement son injuste opulence.
Je romps le joug funeste où les Juifs sont soumis.
Je leur livre le sang de tous leurs ennemis.
A l'égal des Persans je veux qu'on les honore,
Et que tout tremble au nom du Dieu qu'Esther adore.
Rebâtissez son temple, et peuplez vos cités.
Que vos heureux enfants dans leurs solennités
Consacrent de ce jour le triomphe et la gloire,
Et qu'à jamais mon nom vive dans leur mémoire.

SCÈNE VIII. — ASSUÉRUS, ESTHER, MARDOCHÉE, ASAPH, ÉLISE,
LE CHŒUR.

Assuérus. Que veut Asaph?
   Asaph. Seigneur, le traître est expiré;
Par le peuple en fureur à moitié déchiré.
On traîne, on va donner en spectacle funeste
De son corps tout sanglant le misérable reste.
  Mardochée. Roi, qu'à jamais le ciel prenne soin de vos jours :
Le péril des Juifs presse, et veut un prompt secours.
  Assuérus. Oui, je t'entends. Allons par des ordres contraires
Révoquer d'un méchant les ordres sanguinaires.
  Esther. O Dieu! Par quelle route inconnue aux mortels
Ta sagesse conduit ses desseins éternels!

SCÈNE DERNIÈRE. — LE CHŒUR.

TOUT LE CHOEUR
Dieu fait triompher l'innocence.
Chantons, célébrons sa puissance.
UNE ISRAÉLITE.
Il a vu contre nous les méchants s'assembler,
Et notre sang prêt à couler. [dre.
Comme l'eau sur la terre ils allaient le répan-
Du haut du ciel sa voix s'est fait entendre.
L'homme superbe est renversé.
Ses propres flèches l'ont percé.
UNE AUTRE.
J'ai vu l'impie adoré sur la terre.
Pareil au cedre, il cachait dans les cieux
Son front audacieux.
Il semblait à son gré gouverner le tonnerre,
Foulait aux pieds ses ennemis vaincus.
Je n'ai fait que passer, il n'était déjà plus. [justice.
UNE AUTRE.
On peut des plus grands rois surprendre la
Incapables de tromper,
Ils ont peine à s'échapper
Des piéges de l'artifice.
Un cœur noble ne peut soupçonner en autrui
La bassesse et la malice,
Qu'il ne sent point en lui.
UNE AUTRE.
Comment s'est calmé l'orage?

UNE AUTRE.
Quelle main salutaire a chassé le nuage?
TOUT LE CHOEUR.
L'aimable Esther a fait ce grand ouvrage.
UNE ISRAÉLITE SEULE. [sé.
De l'amour de son Dieu son cœur s'est embra-
Au péril d'une mort funeste
Son zèle ardent s'est exposé.
Elle a parlé. Le ciel a fait le reste.
DEUX ISRAÉLITES
Esther a triomphé des filles des Persans.
La nature et le ciel à l'envi l'ont ornée.
L'UNE DES DEUX. [cents.
Tout ressent de ses yeux les charmes inno-
Jamais tant de beauté fut-elle couronnée?
L'AUTRE. [puissants,
Les charmes de son cœur sont encor plus
Jamais tant de vertu fut-elle couronnée?
TOUTES DEUX ENSEMBLE.
Esther a triomphé des filles des Persans
La nature et le ciel à l'envi l'ont ornée.
UNE ISRAÉLITE SEULE.
Ton Dieu n'est plus irrité.
Réjouis-toi, Sion, et sors de la poussière.
Quitte les vêtements de ta captivité,
Et reprends ta splendeur première.

Les chemins de Sion à la fin sont ouverts.
    Rompez vos fers,
    Tribus captives.
    Troupes fugitives,
Repassez les monts et les mers.
Rassemblez-vous des bouts de l'univers.

TOUT LE CHOEUR.
    Rompez vos fers,
    Tribus captives.
    Troupes fugitives,
Repassez les monts et les mers.
Rassemblez-vous des bouts de l'univers.

UNE SEULE ISRAÉLITE.
Je reverrai ces campagnes si chères.

UNE AUTRE.
J'irai pleurer au tombeau de mes pères.

TOUT LE CHOEUR
Repassez les monts et les mers.
Rassemblez-vous des bouts de l'univers.

UNE ISRAÉLITE SEULE.
Relevez, relevez les superbes portiques
Du temple où notre Dieu se plaît d'être adoré.
Que de l'or le plus pur son autel soit paré ;
Et que du sein des monts le marbre soit tiré.
Liban, dépouille-toi de tes cèdres antiques.
Prêtres sacrés, préparez vos cantiques.

UNE AUTRE.
Dieu descend, et revient habiter parmi nous.
    Terre, frémis d'allégresse et de crainte.
    Et vous, sous sa majesté sainte.
    Cieux, abaissez-vous.

UNE AUTRE.
Que le Seigneur est bon ! que son joug est [aimable!
Heureux qui dès l'enfance en connaît la dou-[ceur!
Jeune peuple, courez à ce maître adorable.
Les biens les plus charmants n'ont rien de [comparable
Aux torrents des plaisirs qu'il répand dans [un cœur.
Que le Seigneur est bon ! Que son joug est [aimable !
Heureux qui dès l'enfance en connaît la dou-[ceur !

UNE AUTRE.
    Il s'apaise, il pardonne.
    Du cœur ingrat qui l'abandonne
    Il attend le retour.
    Il excuse notre faiblesse.
    A nous chercher même il s'empresse.
    Pour l'enfant qu'elle a mis au jour
    Une mère a moins de tendresse.
Ah ! qui peut avec lui partager notre amour ?

TROIS ISRAÉLITES.
Il nous fait remporter une illustre victoire.

L'UNE DES TROIS.
    Il nous a révélé sa gloire.

TOUTES TROIS ENSEMBLE.
Ah ! qui peut avec lui partager notre amour ?

TOUT LE CHOEUR. (chanté.
Que son nom soit béni. Que son nom soit
    Que l'on célèbre ses ouvrages
    Au delà des temps et des âges,
    Au delà de l'éternité.

FIN D'ESTHER.

(Racine, en plaçant des chœurs dans les tragédies d'*Athalie* et d'*Esther*, a voulu donner une idée de la tragédie telle qu'elle fut en Grèce. On sait en outre que ces deux pièces furent composées pour être d'abord jouées par les demoiselles de la maison de Saint-Cyr devant la cour, et que madame de Maintenon avait tenu, dans l'intérêt de l'établissement qu'elle protégeait, à donner à ces représentations le plus grand attrait possible. On les supprime souvent à la représentation ordinaire. Du reste cette suppression peut se faire sans nuire à l'action des deux tragédies.)